Ao perdedor, os pombos
Marcelo Conde

ABOIO

Ao perdedor, os pombos
Marcelo Conde

[1ª reimpressão]

Para Valéria Cardoso Rocha Costa

Parte 1

1

Minha mãe me chama de Carlos. Ou de Rafael. Ontem, me chamou de Antônio e há dias em que ela não me chama de nome algum. Às vezes me confunde com o pai dela, Jorge, que eu não conheci. Talvez eu tenha herdado a curva à esquerda do nariz, a boca mais fina no lábio superior, os cabelos fracos dele. Ou posso não ter herdado nada e foda-se: ela confunde porque confunde mesmo.

Carlos, Rafael e Antônio não sei quem são. Nem sei se existem. Não me importo. Desde que minha mãe se mudou para a minha casa tem sido assim. Ela me olha como se eu fosse um desconhecido, a memória girando em falso, igual a uma roda de bicicleta com a correia solta. Até que me reconhece:

— Oi, Carlos.

— Oi, Rafael.

— Oi, Jorge.

Eu respondo fingindo ser um deles. Mas ela não acredita ou já acha que sou outra pessoa. E começa a forçar a cabeça de novo, um olho em mim, o outro nas fichas perdidas no cérebro. Até parar mais uma vez e repetir:

— Oi, Jorge.

— Oi, Rafael.

— Oi, Antônio.

Nos dias em que ela está mais ausente, a roda dessa bicicleta não para nunca. Parece mais uma roleta do Silvio Santos na qual cada casa é um nome, uma lembrança. Eles estão ali, mas a setinha da roleta não para em nenhum deles e ela continua girando, girando. As palavras não vêm. A boca mexe, mas o som não sai. Eu mexo a boca junto para tentar reproduzir o que ela quer dizer. Até que desisto e vou acender um cigarro, beber um uísque, invento uma ligação no celular. Espero um tempo para que ela descanse e a sua cabeça seja enganada, como se o dia mudasse, desligando e ligando de novo.

A ausência é mais frequente. Mas há dias em que minha mãe fala frases longas. Uma atrás da outra. As palavras fazem sentido dentro das frases, sem que as frases façam muito sentido se unidas umas com as outras ou dentro de um contexto cronológico. E isso também me faz ir à janela acender um cigarro ou aumentar o som da televisão. Mesmo assim, ela continua a coversar comigo, com Carlos, com Antônio ou com Jorge até cansar e esquecer a palavra seguinte.

Minha mãe vive aqui em casa faz pouco tempo. Antes eu falava com ela três vezes por ano, sem falta: no dia das mães, no Natal e no aniversário dela. Enviava uma caixa de chocolates Maxime e telefonava:

— Mãe, parabéns. Recebeu a caixa?

— Estou comendo agora.

Ela falava sempre com uma voz enrolada e não era possível dizer com certeza se estava realmente comendo ou chorando. Os chocolates Maxime vêm em uma caixa preta retangular com as letras em dourado sobre uma ilustração que imita um laço e passa uma ideia de valor que o chocolate não tem. A caixa vem com doze unidades divididas em três linhas de quatro chocolates ao leite redondos, recheados com mais chocolate ao leite líquido bem doce. Eu fiz a campanha de lançamento do Maxime, quinze anos atrás. A campanha era tão boa que quase consegui convencer a mim mesmo que era um puta chocolate. Até hoje sou lembrado por esse comercial, tem gente que me apresenta aos outros com essa campanha de sobrenome:

— Esse é o Eduardo. Ele que fez a campanha do Maxime.

Para um publicitário, sucesso igual a esse é raro. Qualquer estudante de publicidade sonha com o dia em que chega a um bar e vê o pessoal da mesa ao lado conversando sobre o comercial que ele fez. Mesmo profissionais das grandes agências do país podem passar a carreira sem que isso aconteça. Eu ouvi trezentas vezes. Em restaurantes, no Maracanã durante o intervalo de um jogo do Flamengo, no zoológico, no aeroporto do Galeão, no Bob's da Garcia D'Ávila, no Alemão da estrada para Petrópolis, numa paródia criada pelo programa Casseta e Planeta, num dos campos de terra da Lagoa Rodrigo de Freitas, em pelo menos vinte táxis, no metrô — e eu nunca ando de metrô —, no Clube Caiçaras durante um casamento. Tem um casal que deu ao filho o nome de Maxime por causa dos chocolates. No Barril 1800, fizeram um brinde ao criador do comercial sem saber que eu estava na mesa ao lado. Fora as bocetas. Comi muita mulher graças a essa campanha. Eram outros tempos, as pessoas se comiam nas agências, iam a mais festas, o mercado era maior. Todo dia eu achava um lugar para ir. O objetivo maior da carreira era claro: comer mulher. O segundo maior era: ser reconhecido pelo meu trabalho. As duas coisas acontecerem juntas era a perfeição.

No dia em que a campanha do Maxime foi ao ar, saí da agência com o atendimento da conta, Carla. De salto, ficava mais alta que eu. E no fim do dia sempre prendia com um lápis o cabelo loiro que ia até a bunda. Vimos juntos, na sala do RTV, o comercial no intervalo da novela das oito, já bêbados de Red Label. A ideia nunca foi sair para jantar depois disso, embora tenha sido esse o acordo que fizemos antes de entrar no elevador da agência. A porta abriu no G1 e eu esmaguei a Carla no espelho. A porta fechou, o elevador subiu até o térreo e voltou ao G1. Saímos da garagem da agência, no Aterro do Flamengo, em direção à casa dela, em Botafogo. Assim que viramos na Mena Barreto, ela gritou:

— Para. Encosta aqui nesse supermercado.

— Pra quê?

— Encosta, porra.

Ela só me mostrou o que tinha comprado quando chegamos na casa dela. Na sala, com as cortinas abertas, tirou a minha camisa e a minha calça. Tentei tirar a roupa dela também. Mas ela me empurrou no sofá e arrancou o vestido florido, o sutiã e a calcinha. Pelada, abriu a sacola do supermercado e puxou duas caixas de Maxime. Esmagou todas as bolinhas de chocolate com as mãos e espalhou em mim: do meu peito ao meu pau. Só parou de me chupar quando o chocolate acabou. Loucura do caralho. Dois dias depois, ainda sentia os pelos do meu peito grudarem.

No aniversário da minha mãe, liguei pra ela. Pela primeira vez, minha mãe não atendeu. Tentei mais duas vezes no dia. Na manhã seguinte, fui trabalhar normalmente até a hora do almoço, quando liguei de novo. Queria evitar ir à sua casa durante o dia porque ela morava no meio de Copacabana. E nunca tem vaga em nenhuma daquelas ruas antes das nove da noite. Talvez não fosse nada e minha mãe estivesse bem. Mas às nove e dez, estava na porta do prédio.

O porteiro era o mesmo havia vinte anos. Sérgio. Fazia dois dias que ele também não falava com a minha mãe. O que era normal, nos últimos tempos. Ler e assistir à televisão era mais seguro do que estar do lado de fora. Principalmente depois que ela se perdeu na rua. Um garçom de uma padaria da Nossa Senhora de Copacabana, que servia café para ela nas tardes de quinta-feira, encontrou minha mãe olhando por mais de dez minutos a vitrine de uma loja com a porta de ferro já baixada. Dentro da padaria, ela foi voltando aos poucos até lembrar onde morava. O garçom acompanhou a minha mãe até em casa. Desde então, ela evitava sair se não fosse muito necessário.

Com a chave de Sérgio, abri a porta da cozinha. Lá dentro, não havia vento. O ar era de dias antes. A casa toda estava escura. Acendi a luz. Um prato e um copo, já secos, no escorredor. Fechei com mais força a torneira da pia, embora não estivesse pingando. Abri a janela ao lado do fogão. No prédio do outro lado da rua, um casal andava normalmente entre a cozinha e a sala, com uma saladeira e dois pratos nas mãos. O chão não estava sujo, as duas cadeiras da mesinha não estavam desalinhadas, o pano de prato estava esticado no fogão. Passei pelo batente da porta e cheguei à sala.

A parte de trás da cabeça da minha mãe passava pelas almofadas do sofá, meio de lado, 45 graus em relação à televisão. Andei sem fazer barulho, como se não quisesse acordá-la. Contornei com calma a lateral do sofá até ficar de frente para ela. Minha mãe estava sentada com os olhos fixos no telefone da mesinha à esquerda da estante da TV. No sofá, ao lado da minha mãe, uma caixa de Maxime aberta. Dez dos doze chocolates comidos. O décimo-primeiro estava pela metade e o último, meio derretido. Balancei os braços, mas ela continuava interessada apenas no telefone. Chamei seu nome, dobrei os joelhos e fiquei na sua altura. Segurei a sua mão esquerda. Estava molhada. Seu vestido, encharcado. Uma mancha amarela, mais escura nas pontas, formava um desenho irregular no estofado branco.

— Mãe, mãe, olha pra mim.

Segurei sua mão direita também e mexi meu polegar no mesmo movimento de um limpador de para-brisas. O telefone continuou mais importante do que eu. O telefone era eu. Há quanto tempo ela estava ali, na mesma posição? E com a mesma roupa mijada? Apertei minhas mãos em seus pulsos e comecei a puxá-la para cima. O músculo da perna, que aparecia entre a barra do vestido e o começo das meias cinzas enfiadas em pantufas, cresceu um pouco sob a pele. E durante esse mínimo sinal de força, senti um cheiro novo no ambiente. Minha mãe se cagou, minha mãe se cagou. Puta que pariu. Em pé, ela finalmente olhou pra mim. Eu ainda segurava seus dois pulsos. E vi uma merda líquida escorrer por dentro de suas pernas, desafiando o curso das estrias, sumindo com o que restava das cores claras, mudando a cor cinza da meia. O cheiro fazia o caminho oposto do fluxo da merda. Subia mais forte que a gravidade, fechava minha garganta. Eu lacrimejava. Soltei minha mãe, que continuou em pé. Pelos cotovelos, forcei para que ela voltasse a se sentar no sofá. Ela obedeceu. Ouvi mais merda saindo dela enquanto contraía o abdômen até largar o corpo nas almofadas. O cocô se juntou ao amarelo do mijo e se espalhou pelo sofá.

Havia merda no tapete e no pé do sofá. Eu estava limpo ainda. Virei de costas para a minha mãe. As mãos tremiam. Tentei achar o cigarro e os isqueiros no bolso da calça. Encostei nas chaves, desisti e fui até a cozinha lavar as mãos com Limpol. Esfreguei com o lado verde da esponja até que todos os ossos ficassem marcados de vermelho, desenhando o esqueleto na pele. Acendi um cigarro no fogão e procurei um uísque nos armários sobre a pia. J&B. Caralho, quem bebe esse lixo? Tomei meio copo sem gelo. Enchi de novo. Sequei a boca com as costas da mão. Traguei o cigarro.

Levantei a cabeça e soltei a fumaça. O teto próximo à parede de entrada da casa estava descascado. Na área de serviço, duas calças penduradas no varal ao lado de meias brancas. E cinco calcinhas grandes. Provavelmente iguais à que minha mãe usava agora.

Numa estante da área, achei um Veja pela metade, uma esponja ainda fechada e um rolo de papel toalha. Embaixo do tanque, havia um balde, que enchi até quase a metade. Pendurado num prego do quartinho de empregada estava o rodo. Levei tudo para a sala. E não havia mais ninguém no sofá.

Minha pupila dilatou na hora. Na ponta esquerda do meu campo de visão, vi minha mãe sentada numa poltrona. Agora, o tapete inteiro, o sofá, a estante da TV, o telefone, a poltrona, tudo estava pintado de merda. Devo ter ficado sem respirar por uns 30 segundos.

De joelhos, comecei a esfregar o tapete com Veja. Tirava o excesso com o papel toalha, deixava sugar um pouco. E esfregava de novo. O marrom ficava bege, nunca branco. A mancha aumentava. Quanto mais as fronteiras da merda se expandiam, mais eu tentava limpar e mais elas cresciam. Segurei o vômito e coloquei a gola da camisa sobre o nariz para filtrar o cheiro de Veja Festa das Flores misturado com cocô.

Mas o problema não era só um tapete cagado. A partir de agora, todo tapete por onde a minha mãe pisasse seria uma poça de merda em potencial. Todo sofá, uma mancha de mijo. Todo banho, uma luta contra crostas sanguessugas de cocô. Toda comida, um possível engasgo. Qualquer segundo que ela passasse sozinha.

Voltei à cozinha e interfonei para a portaria. Sérgio atendeu. E eu falei, sem tirar da boca o outro cigarro que tinha acabado de acender:

— Sérgio, preciso de indicação de enfermeira. Tá tudo bem. Mas preciso de uma enfermeira. Pra quando? Hoje. Não. Pra agora. Preciso que comece agora.

Recebi Teresa duas horas depois, pela porta da cozinha. Deixei a sala fechada para que ela não visse nada antes de ouvir minha proposta. Perguntei se Teresa gostaria de um copo d'água. Na porta da geladeira, havia duas garrafas. Uma estava vazia e, a outra, pela metade. Uma caixa de papelão com tomates mofados parecia uma cordilheira com neve eterna. Sacolas de alfaces pretas, um tupperware com brócolis mortos. Mais abaixo, uma panela do que parecia ser um feijão, cinza. Galhos que nasceram das batatas perfuravam o plástico bem onde ficava a letra "P" de Pão de Açúcar. Fechei a geladeira. No outro lado da cozinha, enchi o copo no filtro. Sentei ao lado da enfermeira com o meu uísque aguado, economizando o que restava na garrafa de J&B. Ela me deixou acender um cigarro, embora tivesse os dentes brancos.

Só abri os olhos na manhã seguinte. Dormi no quarto da minha mãe, trancado e sozinho, para me isolar de Teresa, minha mãe, baldes, vassouras, vidros de Ajax, panos de chão. Tentei dormir de novo, arrependido de ter acordado. O medo de abrir a porta muito maior do que a curiosidade. Mas nunca consigo dormir quando o sono é uma decisão. Ainda mais no calor. Tirei os fones de ouvido e, do outro lado do mundo, o silêncio parecia igual. A cama, dura demais, me empurrou e levantei num único impulso até a maçaneta. Ontem mesmo o corredor era muito maior. Em três passos já cheguei na sala.

As janelas ao lado da mesa de jantar estavam abertas, o tapete tinha uma leve mudança de cor — de umidade, não de sujeira. O mesmo acontecia com o sofá, que na noite anterior era quase todo marrom. Estante da TV, telefone, chão, tudo limpo. Como se, na sala, a madrugada tivesse passado num tempo diferente do meu, bem maior do que minhas horas de sono. Encostei o nariz nas almofadas pronto para vomitar. Mas não havia sinal de cocô recente. Em pouco mais de sete horas, Teresa transformou a noite anterior numa mentira, num passado distante, numa piada.

Minha mãe dormia no sofá mais próximo à porta de entrada da casa. Preferi não ver como estava sua roupa por baixo da manta que a cobria. Cabelo penteado. Teresa certamente tinha passado um perfume nela, um pouco doce demais. Na mesinha de centro, um bilhete da enfermeira era a única coisa que me lembrava do show surpresa que minha mãe tinha me proporcionado.

Saí às oito horas. Volto só amanhã de manhã, também às oito.

Em publicidade todos os problemas são urgentes e importantes, embora nenhum deles seja nem urgente nem importante. Sempre estamos correndo atrás de prazos já estourados e somos responsáveis por salvar o mês ou o ano de lojas de eletroeletrônicos que não estão vendendo televisores como deveriam, de companhias telefônicas que ganham menos clientes do que o possível, de bancos que lucram menos do que seus acionistas esperavam. Nunca há o suficiente, a pressão não baixa. Temos que agradecer que esses problemas existem e nos vender como os especialistas em acabar com o que nunca vai acabar. E de que forma fazemos isso? Criando anúncios que ninguém lê, comerciais que as pessoas odeiam, folhetos que pais de família jogam fora antes de ler o jornal de domingo, banners de internet que atrapalham a leitura das matérias. Mesmo assim, todos esses anúncios, comerciais e folhetos continuam sendo pedidos por clientes insatisfeitos com metas impossíveis. Porque seus bônus sempre podem crescer mais. É mais ou menos como correr numa daquelas esteiras de academia: você pode acelerar, aumentar a velocidade, a distância, mas nunca chega ao final do caminho.

Todos esses materiais de propaganda são feitos por profissionais como eu. Que, no fundo, só querem criar alguma história que seja lembrada — ou pouco odiada — e, com sorte, comer umas mulheres. Não, na verdade, é a ordem inversa. E talvez essa seja a realidade de quase todas as profissões: a atividade fim é trepar.

Meu chefe atual, por outro lado, não tem compromisso nenhum com a criação nem com a fodelância generalizada. Apenas com a urgência. Nunca fez uma campanha memorável ou sequer reconhecível. Ficou rico mesmo assim. Talvez muito rico. Se criou nas sombras das agências, puxou os melhores sacos, aceitou criar os piores comerciais sabendo que eram ruins. Me contratou ou, nas palavras dele, contratou o cara que criou a campanha dos chocolates Maxime, para dar uma virada criativa na agência. Mas hoje me obriga a passar os dias criando campanhas de varejo, escrevendo as mesmas palavras que sempre foram escritas nesse tipo de propaganda gritada, chata, cansativa, cheias de preços e parcelas de trinta meses sem juros. Exatamente o que eu fazia na agência anterior, da qual saí na primeira oportunidade que tive.

As contas de varejo são também especialmente complicadas por serem ainda mais urgentes do que as outras. São marcas ou grandes cadeias de lojas que não têm meta para o mês, para o final do ano, para o trimestre. A meta é amanhã. E todo dia é amanhã. Muita coisa para fazer sempre, todos os minutos da sua vida profissional, ou do que restar dela. Depois de entrar nas contas de varejo, é foda sair. Você só faz merda e passa a ser reconhecido por isso. Seu passado dura pouco, envelhece rápido demais.

— O nome do meu chefe é Maurício.

Eu preciso repetir isso em voz alta todo dia de manhã antes de sair de casa. O transporte que uso para ir trabalhar é a raiva. É esse sujeito insignificante, mais novo do que eu, que aprova cada texto que eu faço para cada cartaz de ponto de venda, cada comercial escroto, cada anúncio com preço maior maior maior. É ele quem avalia se fui claro, direto o suficiente, para convencer o cliente de um supermercado de que aquela é sua última chance de comprar um quilo de batatas a preços incríveis. Ou que nunca mais haverá uma oportunidade tão única de comprar um amaciante de roupas para sua linda família permanecer cheirosa. Ou que é só hoje, só hoje. Corra. Não perca. Aproveite. Você merece. Você é um pobre de merda que vê vantagem em pagar centavos a menos num pacote de biscoitos de aveia e mel.

Dentro de uma agência, todos competem entre si, mas dependem dos outros. Parece aquelas corridas longas de atletismo em que, se um cai, os outros tropeçam e caem na sequência até não restar ninguém de pé. Se uma pessoa da criação falta, o trabalho não diminui. É mesma quantidade para um número menor de pessoas.

O dia seguinte à descoberta da doença da minha mãe era só o primeiro em que eu seria o corredor a cair no meio da raia e derrubar todos os outros. E Maurício não tem mãe. Pelo menos, não conceitualmente a ponto de entender a situação.

Quando cheguei na agência, Maurício não estava. Não há paredes e o espaço tem, no máximo, duzentos metros quadrados. Li todos os meus e-mails. Urgente, urgente, urgente. Ajuda. Rápido. Para hoje. Reprovado. Novas opções. Urgente, urgente. Forcinha. Reprovado. Textinho rápido. Revisão. Urgente.

Eu sigo um critério para decidir por onde começo. Respondo primeiro as gostosas, depois as mais ou menos. Por último, os homens. Ao lado de cada mensagem, há uma foto do remetente, razão de uma paudurecência instantânea muitas vezes. Cada reply para as meninas tem a possível solução para aquele problema de trabalho. Mas também um vai que cola, algo que possa criar uma pergunta na cabeça de quem lê, não o suficiente para ser uma certeza, mas o necessário para lançar uma dúvida vergonhosa de admitir. Ai, será que esse cara está dando em cima se mim? Claro que não, sua louca, você é casada. Para de pensar nisso. Mas será que ele escreveria essa palavrinha aqui se não quisesse alguma coisa comigo?

Maurício não respondeu as mensagens que enviei pelo celular e graças a ele minha mãe continuava sozinha em casa. Outros três e-mails piscaram no meu inbox. Urgente. Por favor. Urgente. Nenhuma gostosa, só um careca, uma gorda e um outro cara de terno e uma gravata preta fina. Deletei os três sem ler.

A agência já estava cheia. Ninguém com mais de 35 anos, todos com fones de ouvido brancos, não há diálogo nenhum a não ser os assuntos forçados por um trabalho específico. O que cria uma situação estranha: essas agências sem paredes deixam todo mundo mais isolado. Há dias em que fico olhando as tatuagens dessas pessoas. Está claro que hoje não basta ter uma só. São braços inteiros, pescoços, rostos, mãos cobertas. E quem fez um daqueles desenhos tribais se fodeu. Porque elas estão sempre cobertas por outros desenhos mais novos.

Dois peitos passaram a meu lado e se sentaram três fileiras de mesa depois, na minha diagonal. Nunca tinha visto a Débora antes. Mas, na hora, já queria conhecer aqueles peitos por baixo do sutiã preto com alças aparecendo nos ombros. Mamilos grandes, mais para escuros — a boca de um vermelho arroxeado não deixava dúvidas. Mesmo cruzadas na cadeira, as pernas continuavam finas e não criavam buraquinhos de celulite. Esperei que ela seguisse a caminho da garrava térmica de café. Levantei e fui atrás. Minha mãe podia esperar mais um pouco.

Esses cafés de agência são tão diluídos que é possível beber cinco copos por dia sem alterar os batimentos cardíacos. Servem mais de desculpa para conversar com alguém do que para se manter acordado. Maurício chegou, telefone grudado no ouvido, quando eu pingava a quinta gota de adoçante, já ao lado de Débora. Não é possível que ele tenha tanto assunto para falar nesse celular.

— Oi, você tem cigarro? — Débora perguntou.

— Tenho Marlboro. Serve?

A proibição de fumar em prédios comerciais é uma bênção. O fumante pode descer quantas vezes quiser para a rua com a desculpa do vício. Nem o câncer me convence de parar depois disso. Pega o café, desce pra fumar. Pega o café, desce pra fumar. Dá para passar o dia inteiro de trabalho assim. O cigarro também cria uma relação de párias entre as pessoas, ali na ilha de leprosos do fumódromo, isolados do mundo.

— É o seu primeiro dia aqui?

— Comecei ontem.

— Não tinha visto você — acendi o seu cigarro antes de acender o meu.

— Fiquei o tempo todo em reunião fora. Me levaram de um cliente a outro para me apresentar.

— Acho reunião um saco.

— É.

O tesão e o amor não são a mesma coisa. Mas eles são gêmeos. Nascem do mesmo lugar, das pequenas conexões criadas por coincidências. Mesmo que seja preciso criar essas coincidências. O cigarro é uma delas, o café, outra. Mas pode ser um filme, um livro, um prato, uma viagem, um jeito de coçar o cotovelo, de espirrar, de soprar a fumaça, o número de pedras de gelo no uísque. Basta perceber o detalhe e usar a seu favor, como se ele fosse seu também. Débora, descobri naquele dia, colecionava pares de patins dos anos setenta.

— Nem me apresentei, desculpa. Meu nome é Débora.

— Eduardo.

Ofereci outro cigarro, mas ela não quis. Tive que subir de volta. Do elevador, vi Maurício em reunião na sua própria mesa com dois fornecedores de papel para material de ponto de venda. Resolvi esperar na minha mesa. Entrei em todos os sites de futebol, notícias, cinema. Basta manter a cara séria para que todo mundo ache que você está trabalhando normalmente.

Já era quase a hora do almoço e eu ainda não tinha conseguido falar com Maurício. Me aproximei da sua mesa e fiz um sinal com o dedo pedindo um minuto de atenção. Sem interromper o diálogo com os fornecedores, sem me olhar, Maurício estendeu o braço e abriu a mão na minha direção, me pedindo para parar. Em seguida, fez círculos no ar com o dedo indicador, como se me dissesse para voltar depois.

Foda-se esse merda. Saí da agência e chamei o elevador. Ainda tinha três cigarros. Voltei até a mesa da Débora e deixei o maço de Marlboro com ela.

— Não precisa, sério — ela disse, agradecida.

Desci do táxi e passei correndo por Sérgio na portaria. O cheiro de Ajax abriu a porta da casa. Chamei pela minha mãe esperando que sua resposta anulasse a noite anterior e fizesse tudo voltar a ser como era antes, quando eu não precisava me preocupar se minha mãe estava se cagando, sujando a casa e comendo chocolates ao mesmo tempo. Não havia ninguém na cozinha. Talvez ela ainda estivesse deitada no sofá onde a deixei pela manhã, mas apenas a manta continuou dormindo ali. Virei a maçaneta da porta do corredor com uma calma falsa. Nada no primeiro quarto nem no quarto da minha mãe. A porta aberta de um dos armários era a única prova de que alguém morava ali Corri para a sala torcendo para que minha mãe tivesse se escondido em algum lugar. Atrás das cortinas ou de uma porta, agachada sob a mesa de jantar, sentada entre o aparador e a parede. Berrei mais alto. Na cozinha, tirei o interfone do gancho. Sérgio atendeu.

— Você viu minha mãe sair? — perguntei.

— Não, seu Eduardo.

— Caralho, ela sumiu.

Primeiro dei a volta no quarteirão do prédio, para depois aumentar meu círculo de busca. Perguntei a cada porteiro, passeador de cachorro, faxineiro e babá que encontrei na rua se tinham visto minha mãe. Num botequim, dois bêbados que tomavam cachaça em copos americanos disseram que ela não tinha passado por ali naquele dia. Atravessei a rua, virei à direita e à direita de novo. Próxima faixa de pedestre, mais um quarteirão, dobrei à esquerda. Vi de novo o passeador que tinha encontrado mais cedo.

Cheguei à padaria que minha mãe frequentava, a mesma onde ela foi encontrada por um garçom no dia em que esqueceu o caminho de casa. As mesas cheias para o almoço. Homens e mulheres, vestidos de crachás de empresas, comiam PFs com garrafas de Coca-Cola dois litros. Adolescentes de uniforme escolar engoliam cachorros-quentes com muita maionese. No balcão, um senhor de boina tomava café enquanto lia o jornal. Comentou uma notícia com o atendente, que passava álcool na vitrine dos sonhos e dos brioches recheados com queijo.

Mais gente estava de pé na fila do buffet, aguardando para se servir de carne, frango, peixe, macarrão, arroz, feijão, tudo num prato só. Havia três cabeças brancas, duas delas meio carecas. A terceira também não era minha mãe.

De volta à rua, chamei um táxi. Pedi para que o motorista fosse devagar. Ele olhava para o lado esquerdo, eu procurava do lado direito. Minha concentração se perdia, fugindo de mim sem querer, igual a minha mãe. Quando voltava, percebia que estava olhando também nas árvores, nos tetos das casas, nas fachadas dos prédios.

Sob uma marquise, uma moradora de rua dormia no chão de pedras portuguesas, ao lado de uma grade baixa e pontuda. Era velha e estava deitada de costas para a rua.

— Para, porra. Para o carro.

O taxista encostou e eu corri até a velha. Mas, a três metros de distância, já vi que não era a minha mãe. Nem sequer se parecia com ela. Muito mais gorda, o cabelo longo e preto, desbotado.

Diminuí a corrida e me virei na direção do táxi. Fechei a porta com mais força do que o necessário e pedi desculpas pelo retrovisor. O taxista esperou que eu dissesse o caminho.

— Eu tenho um tio que desapareceu.

— Quem? — perguntei enquanto olhava as horas do celular.

— Um tio. Desapareceu.

— Como?

— Disse que ia jogar o lixo na lixeira que ficava no final da rua dele. Fez o de sempre: abriu o porta-malas do carro, colocou os sacos pretos lá dentro. Demorou mais de três horas para voltar. E não se lembrava onde tinha ido. Minha tia ficou furiosa, certa de que era outra mulher.

— E era?

— Nada. Ele teve um AVC uns anos antes.

— E onde ele tinha ido afinal?

— Aos poucos, foi lembrando que resolveu levar o carro para trocar o óleo. Era domingo, tudo estava fechado, claro. Ficou rodando até achar um posto de gasolina. Depois parou numa loja de doces e comprou um bolo.

— Um bolo?

— Ele esqueceu no carro e já estava todo derretido.

Abri a janela e, sem perguntar se podia fumar, acendi um cigarro.

— Mas fica tranquilo porque eles sempre voltam.

— Eles quem?

— Os loucos.

— Mas a minha mãe não é louca.

— Meu tio também não era.

O taxista me deixou na padaria de novo. Pedi um uísque enquanto esperava minha mãe aparecer, como os loucos, trazendo um bolo derretido e um carro com o óleo trocado. Nas padarias ou nos botecos, o gelo derrete rápido. São aqueles com um furinho no meio. Por isso coloco poucas pedras, duas no máximo, e bebo rápido. Uísque não pode ter cor de mijo ou gosto de chá. Mais uma dose, por favor.

A padaria já estava mais vazia, passada a hora do almoço. O velhinho do balcão continuava lá, lendo — ou relendo — o jornal e bebendo um Cinzano.

Meu celular tocou. Era Sérgio:

— Ela está aqui.

— Minha mãe? Caralho, ela voltou sozinha?

— Não. Sim.

O uísque de vinte e cinco reais ainda ocupava dois dedos do copo. Dei um gole, as pedras de gelo me impedindo de respirar direito:

— Não ou sim?

— Ela estava na escada do prédio, presa entre o primeiro andar e a última porta corta-fogo antes do térreo.

— Estou indo praí.

O garçom aceitou me servir um chorinho e mais uma pedra de gelo. Na casa da minha mãe tinha apenas o resto daquele J&B. O velho do balcão saiu, deixando o jornal dobrado em quatro. Abri nos obituários. Todos os mortos muito queridos, deixarão saudades, grandes pais de família, avôs, avós, exemplos de caráter, pilares de gerações, amados por todos, inesquecíveis. Não há um caso de morto que mereceu a morte, de alívio, de uma doença que arrastou a família inteira para a falência, de idosos que precisavam de atenção vinte e quatro horas e acabaram com casamentos dos filhos. Pega mal assumir que a morte pode ser o fim imediato de um peso. Morreu, ainda bem. Demorou, mas foi. Deu um trabalho fodido. Ele vai descansar e nós, também. Vendi a casa para pagar o médico.

Minha mãe tinha passado pelo menos três horas do dia tentando abrir a porta corta-fogo do prédio com a chave de casa. Criou um buraco, uma fechadura que não existia, ao lado do puxador. Havia uma bolha de sangue já estourada no indicador e no polegar da mão direita, e as unhas estavam soltas. Os tornozelos eram duas bolas vermelhas que brilhavam com a umidade do mijo que tinha escorrido pelas pernas.

Forrei o sofá da sala com jornal e envolvi minha mãe com sacos plásticos da cintura para baixo: a enfermeira só chegaria às oito horas da manhã seguinte para limpá-la direito. Fiz um curativo nas mãos. Cortei o que restava de pele nas bolhas, o sangue seco sumiu quando passei o algodão molhado de água. O cheiro de xixi começou a vencer os plásticos. As unhas não estavam tão soltas a ponto de serem arrancadas sem dor. Quando forcei, minha mãe recolheu as mãos. Juntei as unhas aos dedos com band-aids.

No outro sofá, sentado de costas para minha mãe, liguei a televisão. Hoje tem futebol a qualquer hora do dia. Alemão, russo, espanhol, italiano. Parei numa reprise de uma partida do campeonato inglês que já estava na metade do segundo tempo. Uísque, cigarro e partidas de futebol aleatórias bastavam para me carregar ao fim do dia, até dormir sem querer e acordar com a chegada de Teresa, já na manhã seguinte.

Entre a narração e os comentários do futebol, ouvi uma voz feminina que reconheci. Uma voz que não vinha da televisão. Era como se saísse de um alto-falante atrás da minha cabeça. Surround.

— Filho. Filho.

A voz se aproximou mais. Minha mãe, em pé ao meu lado, passou a mão na minha cabeça e as colinhas dos band-aids puxaram os meus cabelos.

— Tem missa.

— Missa? Que missa, mãe?

— Na televisão. Tem missa no outro canal. Queria ver.

E se sentou ao meu lado no sofá.

2

Minha casa fica em Ipanema, na rua Vinícius de Moraes — que até bem pouco tempo atrás minha mãe continuava chamando de Montenegro. O apartamento tem dois quartos, e o quarto onde ela dorme funcionava como meu escritório. Meus livros e anuários de propaganda estão lá. Na verdade, minha mãe não tem um quarto, mas uma cama de solteiro no meio dos meus livros. Comprei também uma mesinha de cabeceira para ela poder apoiar o aparelho de surdez, os remédios e um copo d'água para a madrugada. O copo sempre amanhece cheio e, por dias, nem preciso trocar a água. Talvez Teresa troque durante a tarde. No armário do quarto ficavam meus sapatos. Doei alguns, apertei os outros e abri espaço de uma porta para que minha mãe pudesse guardar as roupas. Ao lado da porta de entrada, grudei três Glades spray para disfarçar o cheiro de urina. As fraldas geriátricas até seguram bem os vazamentos do xixi, mas o fedor reencarna a cada segundo, apesar das janelas e da porta estarem sempre abertas. O cheiro invade a casa e deve invadir também as ruas.

Envolvi o colchão da cama com um plástico e os lençóis são trocados e lavados pela Teresa todos os dias. A máquina de lavar trabalha mais do que qualquer brasileiro vivo. E sou o principal cliente de Downy e de Omo.

Semana passada peguei o elevador junto com a vizinha que mora embaixo do meu apartamento. Ela puxou o ar com força duas vezes, olhou para cima, respirou de novo. Podia jurar que a qualquer momento, enquanto segurava um saco de papelão com batatas, ela comentaria sobre o fedor de xixi.

Já passava das oito da noite. Duas horas depois que minha mãe tinha saído para sua última caminhada diária com Teresa. Mesmo assim o cheiro continuava lá, igual a ascensorista: subindo e descendo, acompanhando quem entrava e saía do elevador. Na manhã seguinte, quando ia para o trabalho, ainda senti o xixi ali. Ninguém entrou no elevador até eu chegar na garagem — e não pude confirmar se o cheiro também era sentido pelos outros.

Minha casa tem apenas um banheiro, mais próximo do meu quarto que do outro. Coloquei um banquinho de plástico dentro do box para que Teresa dê banho na minha mãe. Apesar dela poder andar por quinze minutos na rua, não é aconselhável que fique o mesmo tempo em pé sobre uma superfície com água, sabão e shampoo. O banho acontece de manhã, logo que a enfermeira chega. A essa hora, já saí do chuveiro. Tenho um rodo no box para levar o resto da água ao ralo e deixar o chão mais seco.

A enfermeira não precisa de uma cama. Ela chega às oito da manhã e sai às oito da noite, mesmo quando peço para que fique mais. Há dias em que demoro mais no trabalho, dias em que o trânsito está ruim. Há dias em que pretendo sair com uma mulher nova, ou mesmo velha, tipo a Júlia. Não importa, às oito da noite, Teresa larga a caneta. Ameaça ir embora e nunca mais voltar. Diz que vai me colocar na justiça porque eu não assino a carteira, que doze horas de trabalho é um absurdo. Doze horas, na verdade, é pouco para mim. O horário de um publicitário não é fixo, nem controlável. Tem a minha vida social, que é parte do trabalho também. Preciso comer alguém eventualmente.

Desde que minha mãe veio morar comigo, só consegui comer a Júlia. E a Júlia não conta. Saímos há mais de quinze anos, mas nunca houve nada oficial. Trabalhamos juntos, como estagiários, num escritório de direito trabalhista. Antes de começar em propaganda, eu cursava direito na PUC e consegui um estágio no escritório de uma amiga da minha mãe. Júlia estagiava lá quando cheguei vestindo um terno emprestado, cor de telha e largo, com os fundilhos quase chegando aos joelhos, uma gravata florida e um sapato preto com solado de borracha. Meu futuro na carreira de advogado deve ter acabado ali, embora eu tenha ficado dois meses no escritório. O trabalho consistia em ler o diário oficial, recortar o que interessava para os advogados e colocar numa espécie de agenda, com as datas correspondentes aos dias. Além disso, passava horas no fórum para fotocopiar atas e dar entrada em petições. Era fascinante.

O escritório tinha uma sala grande onde ficavam um advogado, três advogadas e dois estagiários, e outra sala para Dra. Mirtes, a dona do negócio. Dra. Mirtes usava tantas pulseiras nos braços que, três minutos antes de abrir a porta, já sabíamos que ela tinha chegado. Todos os advogados a chamavam de doutora, coisa que nunca entendi muito bem. Doutora, para mim, só médica. Advogada? Por quê? Eu chamava a Dra. Mirtes de Mirtes mesmo. O máximo que poderia me acontecer era perder um estágio que demorei apenas um dia para descobrir que odiava.

Ir para a PUC de manhã já montado de advogado, depois pegar um ônibus da Gávea até o centro, na hora do almoço, não era muito a minha ideia de futuro. Acho que fez sol todos os dias em que estagiei de terno. Eu suava tanto no ônibus que a camisa ficava transparente nas costas, grudada. E, antes de entrar no escritório, eu colocava a parte de cima do terno para disfarçar a camisa molhada. O que só me fazia suar mais e encharcar ainda mais a camisa. Algumas gotas desciam até o início da minha bunda, só parando no elástico da cueca.

Mas a profissão de advogado tinha algo que eu gosto: escrever. Advogados precisam escrever o dia inteiro, eu achava. As petições que os estagiários levam e trazem do Fórum são escritas por advogados. Eu queria ser esses caras e passar o dia no ar-condicionado do escritório escrevendo, enquanto outros estagiários com ternos emprestados e camisas grudadas nas costas iriam às varas. No entanto, mesmo essa parte do trabalho não existia. Havia um modelo pronto, em cada computador do escritório, para todo tipo de petição possível e bastava trocar os dados dos clientes e das partes do processo.

Um dia, depois de recortar e colar quase cinquenta pedaços do diário oficial, fui ao Fórum tirar cópias das atas. Eu ainda era bem novo e nem a carteira de estagiário da OAB eu tinha. E era sempre preciso negociar com os funcionários da varas para que, mesmo assim, liberassem as atas para eu poder fotocopiá-las. Uma negociação não muito complicada, ao menos para quem está disposto a fazê-la. Não era o meu caso. A primeira vara que eu fui estava lotada. Estagiários tão jovens quanto eu buscavam espaço na bancada estreita onde eram atendidos pelos funcionários. Sabiam o nome deles, fingiam intimidade, um grito aqui, um por favor mais ao lado, esticavam o braço para mostrar suas carteirinhas da OAB. Pareciam um cardume de carpas esperando um pedaço de pão. Quando um deles conseguia sua ata e saía, outro já entrava no mesmo lugar.

Não ter a carteira da OAB foi a minha salvação oficial para a função de fotocopiador do escritório. Quando a vara estava cheia, usava a desculpa de que o funcionário não me deixou fazer as copias. Em pouco tempo, mesmo que a vara estivesse vazia, voltava para o escritório sem as atas copiadas.

— Júlia, não consegui tirar as cópias.

— De novo?

— Difícil. Os caras não deixam sem a carteirinha.

— Puxa a cadeira e senta aqui, por favor.

Levei minha cadeira até a mesa dela, com o encosto virado na posição contrária. Sentei como se estivesse montando numa moto, com as pernas abertas, de frente para Júlia. Na mesma hora o fundilho da calça cedeu, rasgando no caminho da costura, do saco até a bunda.

— Tem que insistir, Eduardo. Isso vai começar a dar problema nos processos, vai estourar na mão de um advogado. O escritório pode perder uma causa, já pensou nisso?

— Júlia, minha calça rasgou.

— Eduardo, presta atenção. O que eu estou falando é sério.

— Tudo bem. Eu ouvi. Juro que ouvi. Mas me ajuda, a calça rasgou. Puta que pariu.

Levantei e abri o buraco para que ela pudesse ver. Júlia balançou a cabeça, com impaciência leve.

— Eduardo, olha pra mim.

— Não posso conversar com você desse jeito, desculpa. O que eu faço com o buraco?

Uma das três advogadas guardava uma pequena caixa de costura no escritório, duas ou três linhas de cores diferentes. Tirei a calça no banheiro e passei para Júlia que, do lado de fora, costurou o rombo de forma grosseira. Mas era o suficiente para me trazer de volta o mínimo de dignidade até terminar o dia. Ainda sentado só de cuecas do lado de dentro do banheiro, escutei Júlia repetir, com a voz abafada pela porta que nos separava, o alerta sobre a cópia das atas. Por cinco minutos, ela tentou salvar a minha calça e o meu emprego. Mas tanto um quanto o outro tinham buracos que ela não poderia fechar direito.

Continuei a evitar as fotocópias das atas, muitas vezes nem sequer entrava no TRT. Em frente ao Fórum, havia uma barraquinha de cachorro-quente com o rádio ligado o tempo todo nos programas de esporte. E comer qualquer sanduíche ouvindo o programa de rádio do Apolinho Washington Rodrigues era muito melhor do que passar o dia sendo operador de máquina de xerox. Eu virava o catchup no segundo hotdog quando Júlia me viu. Saía do fórum carregada de pastas de processos.

— Eduardo, vamos tomar um café em algum lugar?

— Agora? Já são quatro e meia. Por que a gente não toma um chope mais tarde? — respondi antes de morder o sanduíche e limpar os cantos da boca com a língua, sem saber se continuava sujo, se Júlia olhava para a minha boca ou para a mancha de catchup na minha bochecha.

— Não estou chamando você para sair.

— Não? — perguntei, fingindo surpresa.

— Não.

— Mas eu estou.

— Olha, eu só quero conversar com você sobre trabalho. É sério.

Terminei o último pedaço e finalmente pude usar as mãos para passar o guardanapo na bochecha, onde a língua não alcançava. Mais dois guardanapos para limpar os dedos. Esses guardanapos que lembram seda para maconha nunca limpam direito, apenas jogam a sujeira de um lado para o outro eternamente. Me ofereci para segurar as pastas dos processos. Fiz sinal para que fôssemos andando na direção do escritório. Desde aquela época, Júlia é bem magra, os braços fininhos demais para aguentar as pastas.

— A gente pode conversar sério tomando um chope. Aqui no centro mesmo, no Amarelinho.

— Prefiro um café agora.

— Você não bebe?

— Claro que bebo — ela respondeu virando rápido a cabeça na minha direção, como se tivesse acabado de sofrer uma ofensa grave.

— Mas não comigo?

— Não é isso. Nada a ver. Eu só não queria transformar essa história num evento. Só preciso entender algumas coisas sobre você, contar o que está me agoniando.

Nos separamos por alguns segundos quando outras pessoas, no fluxo contrário, passaram entre nós dois. No centro, as marquises não servem para proteger da chuva, mas sim dos pingos dos aparelhos de ar-condicionado dos prédios, e as calçadas ficam lotadas sob a cobertura. É preciso virar o tronco de lado enquanto se anda para a frente, ou dar passos para a direita e para a esquerda, evitando os encontrões do contrafluxo. Viramos na rua do escritório, a Araújo Porto Alegre, menos lotada do que as grandes avenidas. Pude andar lado a lado com Júlia de novo.

— Júlia, falando sério. Já entendi que você não tinha nenhuma intenção de me chamar para sair e tudo bem por mim. Mas eu estava precisando de um chope hoje, não aguento mais tomar café. Já virei três copos cheios só na parte da tarde. E eu estou devendo uma grana para você.

— Me devendo?

— Você costurou a minha calça.

Ela riu, finalmente. Entramos no prédio do escritório. O chão de mármore caro não aceitou o solado de borracha do meu sapato da Uruguaiana e eu quase derrapei.

— Vamos lá, Júlia. Deixa eu pagar um chope para você.

Mirtes demorou para sair naquele dia, atrasando o chope no Amarelinho. Ela fica até mais tarde no trabalho sempre que os filhos vão jantar na casa do pai, seu ex-marido. Deve abrir a porta da sua casa enorme, ainda maior nessas noites, e acender as luzes. Estar sozinho é não ter ninguém para acender as luzes de casa antes de você chegar. As pulseiras tocam sua música sem plateia, os saltos fazem mais barulho do que o normal, o microondas apita com eco. Mirtes, Dra. Mirtes, come na bandeja de frente para a televisão a sobra do jantar da noite anterior, um estrogonofe que os filhos deixaram, a lembrança azeda de um casamento que a doutora não conseguiu defender de uma ninfeta vinte e três anos mais nova.

Talvez o certo fosse ter pena da Mirtes. Mas a demora só me deixava sentir raiva dela. Cada minuto que passava diminuía as chances de comer a Júlia logo depois do chope no Amarelinho. Era preciso tempo para deixar que o assunto sério fosse perdendo sua importância com os goles e virando, aos poucos, uma piada, uma história da adolescência, uma banalidade, um comentário fofo, uma leve confidência sexual envergonhada, um contato físico involuntário, um carinho no cabelo, depois na orelha, uma cheirada no pescoço, um pau duro, um beijo na boca, a conta, o carro, a cama, a foda. Há um risco muito grande de tentar ir do assunto sério direto para a foda. A mulher pode se assustar e você tem que voltar muitas casas. No caso da Júlia, voltar à conversa que tivemos desde que ela me encontrou quando saía do Fórum. Ou até antes disso, aos meus primeiros dias de estágio.

Mirtes saiu deixando as luzes de sua sala acesa, para que alguém as apagasse por ela. Júlia e eu descemos cinco minutos depois. No Amarelinho, o chope não estava tão gelado quanto eu gostaria que estivesse.

— Eduardo, estou preocupada com você — Júlia deu o primeiro gole, colocou o cabelo para trás da orelha e baixou a cabeça, tímida.

— Comigo? Não precisa se preocupar comigo. Eu vou ficar bem.

— Na verdade, estou preocupada que você me prejudique.

O Amarelinho parecia o refeitório de um gigantesco escritório de advocacia. Em todas as mesas, ternos cinzas ou pretos, camisas azul-claras, gravatas. As conversas berradas, tão genéricas e óbvias, se misturavam entre as mesas. Homens, mulheres, conhecidos íntimos ou distantes riam entre os copos, os vidros ricocheteavam o som.

— Eu? Mas eu nunca faria alguma coisa que prejudicasse você.

— Você já faz, Eduardo.

— Como assim? — Espetei uma azeitona, surpreso.

— O que você pretende com esse estágio, Eduardo?

— Não sei.

— Não sabe?

— Não. Você sabe?

— Claro que sei. Eu estou aqui para virar uma advogada, ser contratada quando acabar o estágio.

— Nesse escritório de merda?

— Por que você acha esse escritório uma merda?

Eu esperava que qualquer pessoa minimamente inteligente considerasse, depois de alguns meses trabalhando na profissão, não apenas o escritório da Mirtes uma bosta, mas todos os outros escritórios também. O nosso escritório, por exemplo, defendia uma empresa de recolhimento de lixo contra os garis que, demitidos, entravam com uma ação trabalhista na justiça. Isso, por si só, era a definição da carreira de advogado. Por trás dos perfumes Chanel, dos sapatos de couro Ferragamo e dos ternos da Burberry, havia sempre uma mão suja. Por trás das vossas excelências, dos doutores, havia um português empolado, irreconhecível, as palavras seguindo uma desordem, como se todos fossem o mestre Yoda. Advogados e juízes mancomunados, se levando muito a sério enquanto, em seus escritórios e em suas varas, estagiários tiram cópias de atas e petições são escritas por programas de computador. O problema não era um advogado defender os ricos contra os miseráveis. Era mexer com o lixo posando de nobre.

— Eu não acho. Desculpe, Júlia. Mas por que estou atrapalhando a sua carreira?

— O negócio das atas, dos processos. Você nem tem lido o Diário Oficial direito.

— Júlia, você não pode levar isso a sério.

— Isso é sério. Dá merda. Hoje de manhã já deu merda.

— O que aconteceu?

— Aconteceu que saiu uma notificação sobre o processo de um cliente no Diário Oficial, ninguém tinha recortado e colado na agenda. Os advogados vieram me cobrar.

— Tudo bem. Eu assumo a culpa. Eu explico pra todo mundo lá que a gente divide o D.O., que cada um lê uma parte e que a falha foi minha.

— Eduardo, nós somos estagiários. Você acha que eles se importam? Você acha que eles querem saber quem fez isso? Quem deixou de fazer aquilo? Eles querem saber que podem confiar na gente. Ou pelo menos saber que não precisam se preocupar com essas coisas pequenas, menores, burocráticas do escritório.

— Tudo é burocrático no escritório. No direito.

— Você entendeu o que eu estou falando.

Júlia já estava no terceiro chope, mas continuava levando a conversa muito a sério, sem ceder. As bochechas um pouco vermelhas, mas a voz ainda era a mesma. Ela continuava recostada, ao fundo da cadeira, o corpo longe da mesa. Cruzou a perna para a direita, para a esquerda, deslizou o quadril para trás.

— Júlia, tudo bem. Desculpa então.

Coloquei a minha mão direita sobre a sua mão esquerda. Desculpas, mesmo quando não são sinceras, costumam funcionar. E, por um objetivo importante, devem ser usadas sem parcimônia ou vergonha. Naquela noite, não lembro se estava sendo verdadeiro. Talvez tenha sido só uma oportunidade de conseguir um primeiro contato físico. Se ela demorasse alguns segundos para repelir a minha mão, eu iria dali para um carinho no cabelo, devolvendo a franja para trás da orelha, para um abraço, um beijo no pescoço, para os dedos subindo pela nuca. Mas Júlia puxou a mão rápido demais, não sei se assustada, se surpresa. Podia estar apenas com raiva de mim, por estar atrapalhando sua carreira. Ou acertou em cheio e percebeu que a minha real intenção ali, depois daquele toque, era apenas comê-la.

Houve um silêncio que eu disfarcei dando um gole no chope e olhando para o lado. Júlia também bebeu mais um pouco. E eu soube ali que nosso grau de intimidade não evoluiria naquele primeiro encontro. O próximo copo demorou a ser pedido, depois demorou a ser tomado, o colarinho desaparecendo até virar uma linha, até virar um nada. E quando o chope demora muito a descer, é sinal de que o encontro está no fim, de que a conta será pedida em breve, de que a outra pessoa já está pensando no melhor caminho a fazer para chegar em casa, em quantas horas ainda terá para dormir, que a TV ficará ligada no programa do Jô Soares só para haver um barulhinho no quarto até o sono chegar, se ligará o ar, se há necessidade de um cobertor. Essa foda está perdida e será adiada até uma nova oportunidade. E a sua chance pode ser maior se você não acusar o golpe. É preciso deixar claro que a intenção não existiu, que foi criada na cabeça da outra pessoa, não na sua. Aí sim a desconfiança vira uma dúvida. E as dúvidas precisam ser tiradas, mesmo que não exista ainda uma vontade. Porque o ser humano é assim: consegue controlar a vontade, mas não a dúvida.

Me adiantei e pedi a conta antes que a Júlia levantasse a mão para o garçom. Mais pessoas chegavam do que saíam do Amarelinho. Enquanto conferia o valor, virei o resto da bebida e estiquei o braço, nem pensar, Júlia, deixa que eu pago. Seguimos juntos até o metrô e nos beijamos burocraticamente na bochecha.

No dia seguinte, quando Júlia chegou ao escritório, eu já estava na sala da Mirtes pedindo demissão. Com a sobriedade de um futuro profissional sério, aleguei falta de tempo para os estudos, inventei na hora que gostaria de fazer concurso para a promotoria, pedi desculpas por ter ficado tão pouco tempo e agradeci por ter aprendido muito com os advogados e com a Júlia. Mirtes lamentou sem tristeza. Era provável que tenha percebido, tão rápido quanto eu, que o direito nunca seria a minha profissão.

Pedir para sair era o mais justo a se fazer com ela, comigo e, sobretudo, com Júlia. Isso seria percebido em breve quando, por mágica, todas as atas seriam copiadas sem problemas, nenhum comunicado do Diário Oficial passaria batido pelo escritório e os prazos dos processos não voltariam a ser furados.

No momento em que saí da sala da Mirtes, estava criado em Júlia algo ainda mais poderoso do que a dúvida: a culpa. Eu neguei, sem me esforçar muito, que tinha pedido demissão por causa da conversa da noite anterior. Expliquei mais uma vez o que achava do escritório, da profissão, disse que aquilo não era pra mim, que estava me matando a cada dia que passava ali dentro, que queria escrever e não completar espaços em petições já semiprontas, que não queria chamar mais ninguém de doutor ou de Vossa Excelência, que não usaria terno nunca mais, que, sim, eu também achava que a estava prejudicando e que, mesmo que tentasse, não conseguiria melhorar meu desempenho num trabalho que considerava medíocre, que na verdade eu deveria agradecer-lhe por ter mostrado o que eu não via, ou que não percebia, que ela fez um bem enorme para mim quando tentou defender o próprio emprego, que aquilo só me mostrou como eu nunca me dedicaria ao direito do mesmo jeito que ela se dedicava, que aquilo tudo era uma perda de tempo, e que todos nós éramos jovens demais para perder tempo.

E Júlia me abraçou. Não me deu a mão, não me beijou no rosto. Me abraçou. E pediu por favor para me pagar um chope naquela mesma noite porque estava se sentindo muito mal pelo que tinha acontecido. Ali, nós já sabíamos que os chopes seriam poucos e mais gelados, porque seriam bebidos mais rapidamente. Ao chegarmos no Amarelinho, nos sentamos um ao lado do outro, as pernas encostando sem querer por baixo da mesa. Ela me pedia desculpa, dizia para eu reconsiderar a minha posição. Coloquei minha mão sobre a sua, disse para que ficasse tranquila, que eu tinha certeza do que acabara de fazer. E que seria melhor para mim tanto quanto seria para ela. Júlia não recolheu a mão. E eu fui dali para um carinho no cabelo, devolvi a franja para trás da orelha, abracei, dei um beijo no pescoço, passei os dedos pela nuca e escorreguei a boca até encostar a minha língua na dela.

3

Anos depois, quando eu já dividia o apartamento com a minha mãe, Júlia não deveria ter dormido aqui em casa, mas dormiu. Imagino que ela tivesse que resolver isso depois ou talvez já houvesse uma explicação padrão preparada, uma desculpa pronta que fosse crível o suficiente para justificar por que não tinha voltado para seu apartamento.

— Eduardo, o que é isso na sua mesinha de cabeceira?

— Isso o quê?

— Isso aqui — disse Júlia, me mostrando o aparelho de surdez da minha mãe.

Na noite anterior, quando chegamos na minha casa, antes de trancar minha mãe em seu quarto, lembrei de pegar o aparelho de surdez que ela guardava ao lado da cama. Não que minha mãe seja totalmente surda. Ela tem uma perda auditiva considerável, mas com o aparelhinho, seus ouvidos funcionariam o mínimo necessário para ouvir os gemidos que Júlia começaria a emitir em breve no quarto ao lado. Desde a primeira vez em que transamos, no dia em que pedi demissão do escritório de direito, sempre achei que Júlia berrasse um pouco demais. Na primeira noite, acreditei que seus gritos eram apenas mais uma demonstração de culpa pela minha saída do escritório. Não, mentira. Por alguns segundos ao menos, cheguei a pensar que eu era mesmo uma máquina sexual que uma menina de aproximadamente vinte anos ainda não tinha encontrado pela frente. Depois pensei que ela estava se sentindo livre para gritar porque estávamos num motel, ninguém ouviria ou, se ouvisse, tudo bem. Mas todas as vezes em que transamos, em todos esses anos, ela gritou. Desde o momento zero em que se iniciou a penetração.

— Para minha mãe não ouvir a gente.

— Não acredito. Você não tem limites, Eduardo.

— Por quê? Qual o problema?

— Você tirou o aparelho de surdez da sua mãe. Isso é uma sacanagem.

— Você preferia que ela ouvisse você gemer?

— Era só você me avisar que eu me controlava. Pelo amor de Deus — Ela se levantou, abriu a janela e colocou o aparelho de surdez no ouvido. Pelada, olhou para trás e, depois, para a rua. Não sei se queria ouvir uma conversa na rua, procurando testar a eficácia real do aparelho.

Júlia continua magra, com pouca celulite. Ganhou dinheiro na advocacia e o dinheiro consegue manter as mulheres magras, muitas vezes sem celulite também. Ela não continuou muito tempo no escritório da Mirtes. Saiu para um daqueles lugares cheios de sobrenomes, martinspereirabastosalbuquerquealmeidasouzapiresbragançareis&mello ou moreiramonteiropalharesmachado&fagundes, não sei. Hoje, é sócia com direito a bônus. Durante alguns anos, ganhei bem mais do que ela. A publicidade trata melhor os jovens do que os velhos, levando em conta que aos quarenta você já é um idoso. Com sorte ou talento, no meu caso as duas coisas, no começo da carreira o publicitário troca de agência rapidamente, recebe uma proposta atrás da outra e vai aumentando o salário. Um ano no mesmo lugar era uma raridade. Você ganha um prêmio, vem uma proposta. Alguém muda de agência e chama você para ir junto, mais um aumento. Em pouco tempo, você passa a ganhar o que só deveria ganhar aos trinta e cinco anos. Mas, com a mesma velocidade, a profissão começa a abandonar quem tem mais de trinta e cinco. Você passa a ganhar menos que os garotos de vinte, a receber menos propostas, a ser esquecido, vira a decoração antiga de mesas com design novo, igual a um objeto que você não lembra mais por que guardou. Um publicitário envelhece tão rápido que é quase possível perceber o dia exato em que isso acontece. De manhã, chega-se na agência famoso e jovem. No fim do dia, já esquecem seu nome. O prodígio da propaganda vira um ancião e, em vez de criar comerciais, passa a ter que fazer folhetos e textos para merchandising no programa da Ana Maria Braga. É igual ao desenho da família Dinossauro: quando atinge uma certa idade, jogam você do precipício.

O aparelho de surdez da minha mãe, que Júlia tinha devolvido à mesinha de cabeceira, apitou, indicando que a bateria estava descarregada, e ela riu. Dei um gole no uísque, acendi um cigarro, a respiração presa para soltar a fumaça com mais força, já quase sem fôlego. Júlia veio na direção da cama. Seus peitos, pequenos, devem ter caído no máximo alguns milímetros durante todos esses anos, uma vantagem visível de não ter filhos. Ainda não tem barriga e os pentelhos são pretos. Será que ela pinta os pentelhos?

Sentada de pernas cruzadas na cama, roubou meu cigarro. Ela sempre joga a fumaça para cima e, em seguida, dobra o braço esquerdo logo abaixo dos peitos, apoia o cotovelo direito sobre a mão esquerda e segura o cigarro entre os dedos.

— Eduardo, o que tem ali naquela caixa?

— Qual caixa?

— Aquela ali do lado do armário — ela apontou para a caixa de papelão com a tampa aberta, no chão.

— São meus patins.

— Oi?

— Patins.

Ela puxou a fumaça e falou, com a voz mais fina que o normal, enquanto ainda prendia a respiração:

— E desde quando você anda de patins?

Não havia mais gelo para o uísque no quarto. Virei uma dose pura, dourada, viscosa como óleo, que esquentou meu esôfago até desaguar no estômago vazio. Júlia afastou o cigarro de mim quando tentei dar mais um trago. Antes de recolher a mão, fiz um carinho na sua perna.

— Sei lá. Sempre andei.

Desde que conheci Débora na agência, passei a patinar três vezes por semana na garagem do meu prédio. Embora ela preferisse patins dos anos setenta, com as quatro rodas separadas acopladas a uma bota, comprei um daqueles inline mesmo, de quatro rodas em linha. Patinar é chato pra cacete. Dói o músculo da coxa e, no começo, puxava a batata-da-perna também. Mas insisti nos treinos. Bastava imaginar como a Débora deveria ser pelada para continuar patinando eternamente, se fosse necessário.

No fumódromo do trabalho, passamos a conversar diariamente sobre o esporte. Decorei a história dos patins na Wiikipedia. Li sobre o belga Joseph Merlin que, em mil setecentos e cinquenta, inventou os patins sobre rodas para que pudesse deslizar no chão como se estivesse sobre o gelo, sobre o francês que patenteou o patins no país em mil oitocentos e dezenove, sobre o modelo rolito, de mil oitocentos e vinte e três, que tinha cinco rodas. A cada dia contava mais para Débora, soltando as informações aos poucos, como se tudo aquilo me interessasse também. Ela não conhecia as histórias, colecionava os patins dos anos setenta mais por motivos estéticos, além de, claro, gostar de patinar. Mas ela parecia encantada por ter conhecido um cara de quase quarenta anos que, por coincidência, também era apaixonado por patins. E comentou, pô, um dia a gente tem que patinar na Lagoa, vamos?

Aceitei, claro, mas daquele jeito meio vago, sem fechar um dia exato. Precisava de algumas semanas a mais de treino antes de ir com a Débora ao Parque dos Patins, na Lagoa, sem entregar que era um iniciante. Quando estivesse pronto, aceitaria patinar apenas como desculpa para tomar um chope depois. E o chope, por sua vez, seria também uma desculpa para comê-la na sequência. A ideia era me aposentar da patinação no dia seguinte em que isso acontecesse.

Júlia não me devolveu o cigarro quando insisti por mais um trago, mesmo sabendo que o cigarro era meu. Sem a fumaça no ar próximo a mim, passei a sentir o cheiro de mijo vindo do quarto da minha mãe. O odor crescia, saindo das paredes, da janela, da porta, do armário.

— Esse cheiro está horrível.

— Que cheiro? — perguntou Júlia, franzindo a testa.

— O cheiro do xixi da minha mãe. Não está sentindo?

— Cheiro de xixi? Não.

— Tem certeza? Respira fundo.

Júlia apagou o cigarro sobre as outras guimbas mortas no cinzeiro do criado-mudo. Soprou o resto de fumaça, com a boca de lado, até o pulmão esvaziar, e depois puxou a respiração com força.

— Tenho. Só estou sentindo o cheiro de cigarro.

— Não é possível.

Abri a porta do armário e peguei o vidro de perfume. Enquanto ela soprava fumaça pelo quarto inteiro, eu apertava o spray do perfume também. Um cheiro doce misturado ao cigarro descia invisível, como se fosse sereno, melando os móveis, o chão, as paredes, as portas, a cama, Júlia.

— Eduardo, para com isso. Deita aqui.

— Esse cheiro me irrita. Não aguento. — Deitei a cabeça no seu colo, meu cabelo roçando seus pentelhos. Senti as unhas de Júlia me arranhando, de leve, indo e voltando. O melhor do cafuné é o som que você ouve por dentro da sua cabeça.

— Para com essa maluquice.

— Maluquice? — Segurei a mão de Júlia interrompendo o carinho. — Se você tivesse que morar com uma velha gagá que passa os dias mijando e cagando como um bebê, talvez você me entendesse um pouco. Só um pouco.

— Essa velha gagá é a sua mãe, Eduardo.

— Ela nem sabe quem eu sou. Nem sabe que é a minha mãe. — Sentei na beirada da cama.

— Mas continua sendo a sua mãe.

— O que faz uma pessoa ser mãe de alguém, se ela não sabe disso? Que diferença faz? Ela é tão minha mãe quanto qualquer pessoa que esteja passando na rua agora e que nunca me viu na vida.

— Você sabe que ela é a sua mãe. É isso que importa. — Júlia recostou na cabeceira da cama e deu um gole no meu uísque. Eu peguei a garrafa para mim, antes que ela se apossasse dela como fez com o cigarro.

— Importa?

— Tanto importa que você trouxe ela para morar aqui com você. Por que você faria isso se não se importasse?

— Não sei. Dinheiro?

— Você acha mesmo que fez isso por dinheiro?

— Como ia fazer para que ela ficasse em casa com uma enfermeira só? Depois das oito da noite, o que ia acontecer? Eu teria que contratar pelo menos duas enfermeiras.

— Você podia ter colocado ela numa clínica.

— Clínica? — perguntei, irritado.

— Você não colocou a sua mãe numa clínica porque você se importa.

— Não. Porque é caro pra caralho.

— Você sabe que não foi só por isso.

O som começou baixo e depois aumentou. Mais uma vez. Ainda mais alto. Uma janela abrindo e fechando, abrindo e fechando. Com força, cada vez com mais força. Era a janela do quatro ao lado, do quarto da minha mãe. Abrindo e fechando. Cada vez mais rápido. Mais alto.

Vesti a cueca e corri. A porta do quarto da minha mãe estava trancada por fora. Minha mão tremeu até que a tranca cedesse e eu entrasse. De camisola, em pé e de costas para mim, ela abria e fechava a janela enquanto gritava:

— Sai, pombo. Sai. Sai.

Agarrei seus dois braços por trás, igual a um policial.

— O pombo!

— Que pombo, mãe? Não tem pombo nenhum.

Ela tentava soltar as mãos. Precisei deitá-la na cama, jogando o meu corpo sobre o seu.

— Tem um ninho de pombo na janela. Barulho de pombo. Sujeira.

Respirou ofegante. Cinco segundos de silêncio.

— Pombo. Ninho de pombo.

— Mãe, me escuta.

Ela batia as pernas, a baba esticava da sua boca até o colchão.

— Pombo. Ninho de pombo.

Era a primeira vez que ela tinha o ataque dos pombos comigo. Com Teresa, aconteceu antes. A enfermeira havia deixado minha mãe deitada na cama enquanto preparava o almoço das duas. Escutou minha mãe berrar. Pombo, pombo, pombo, sai. Deixou o arroz queimando no fogão, secou as mãos com o pano de prato. Já no quarto, viu minha mãe derramar um copo d'água no parapeito da janela enquanto falava sai, sai, sai, e jogava mais água sobre o ninho de pombo que só ela via. Teresa tentou acalmá-la, deitaram juntas na cama. Mas minha mãe queria encher novamente o copo no banheiro para acabar de vez com o ninho que estava na janela, ela estava vendo e não aguentava mais aquele barulho o dia inteiro, bru, bru, bru, pombo é sujo ainda por cima, tem piolho, traz doença, é igual rato. Aos poucos, foi acalmando, a respiração tímida dos ausentes, o olhar procurando o foco, e os pombos voltaram a viver longe de sua memória, de sua visão. Teresa me contou a história quando cheguei em casa. Parecia ter chorado, mas eu não perguntei nada.

— Mãe, fica calma. Está tudo bem.

— Tem que jogar água. Joga água.

Ela ainda se mexia muito e eu tive que deixar meu peso cair com mais força, deitado em cima do seu corpo. O interfone começou a tocar tão alto quanto os gritos da minha mãe. Eu tive que berrar também, para ser ouvido:

— Júlia! Júlia! O interfone!

Ouvi Júlia correr pelo corredor até a cozinha, o calcanhar nos tacos de madeira. Minha mãe começou a se acalmar, as pernas batendo lentamente até os pés se ajeitarem no edredom desarrumado. Júlia estava embaixo do batente da porta, enrolada no lençol da minha cama. Virei a cabeça em sua direção.

— Era a vizinha de baixo.

— Porra, o que ela quer?

— Estava reclamando do barulho — Júlia disse antes de arregalar os olhos.

— Eduardo, por que você está apertando assim o braço dela? Ela já se acalmou.

Continuei apertando, sem saber que estava apertando, até ouvir um gemido da minha mãe.

— Solta ela!

Rolei até cair no chão, liberando o peso de suas costas. Minha mãe piscou devagar, seu pulmão enchendo e esvaziando de novo, a calma de quem não se lembrava mais dos pombos, de quem respirava sem esforço, vagando pelo nada.

4

A possibilidade de levar Débora para a cama aumentou quando dei a sorte de ficar na agência um dia na hora do almoço.

Havia poucas pessoas lá. Talvez nenhuma. No máximo, tinha alguém isolado do mundo com seus fones no ouvido. Eu estava lendo notícias em algum site quando percebi Débora entrando no meu campo de visão, indo direto para a sua mesa. Ela se sentou com força na cadeira. As rodinhas giraram para se acomodar ao peso.

Débora colocou as duas mãos na frente do rosto, os cotovelos apoiados no teclado. Os ombros subiam e desciam, no mesmo ritmo de soluços baixos. Apoiei a mão em suas costas e ela levantou o rosto molhado, o nariz vermelho e entupido.

— Está tudo bem?

— Está. Não foi nada.

— Como não foi nada? — Continuei acariciando suas costas.

— Deixa para lá.

Fui até a geladeira e voltei com um copo d'água. Suas mãos tremiam um pouco, mas ela conseguiu dar um gole.

— Obrigado, Eduardo.

— Agora você quer me contar o que está acontecendo?

— Não é nada demais. Coisa de trabalho.

— Bom, se é de trabalho, talvez eu possa ajudar, não?

— Eu tenho que resolver isso sozinha.

— Ninguém tem que resolver nada sozinho.

Tirei o copo de suas mãos e o apoiei na mesa. Havia uma cadeira vazia a seu lado, onde sentei para deixar mais claro meu interesse pelo seu problema.

— Vai, me conta, Débora.

Ela me disse que era a segunda vez que reprovavam todos os anúncios que ela fez e que não havia mais prazo para criar outros. A mídia já estava comprada, não ia dar tempo, não ia. Era impossível.

Quando estamos começando na profissão, muitas vezes esquecemos que propaganda é só propaganda. E você acaba acreditando que o mundo pode acabar se um anúncio não sair do jeito que todos esperavam ou que não há tempo de renegociar os espaços de mídia com os veículos. Mas dá. Alguma coisa sempre pode ser feita embora as pessoas sempre achem que vai haver uma catástrofe, que uma empresa vai à falência porque a porra de um anúncio não saiu em certo dia ou da exata maneira que precisava sair. A urgência é criada por quem precisa se fazer importante. E experiência é quando você sabe que nada é tão urgente ou tão importante em propaganda. Portanto, a primeira coisa era acalmar a Débora. A segunda, era sentar a bunda e fazer mais títulos para os anúncios. Nós, redatores, precisamos sempre fazer milhares de opções de anúncios para que os clientes exerçam seu poder de reprovação e joguem tudo no lixo até que, um dia, por insistência ou por decurso de prazo mesmo, eles se rendam. E o anúncio acaba saindo. Me propus a ajudar. Ali mesmo, na hora do almoço, uma horinha pensando. Nós dois, cada um no seu computador.

Outra coisa que a experiência também traz, pelo menos na minha profissão, é o conhecimento dos atalhos. Principalmente para fazer título de anúncio, sempre há um caminho que você já trilhou, formulações por onde você pode escapar quando a folha em branco lembra mais uma parede que você não tem força de ultrapassar. Em uma hora, fiz páginas e páginas de títulos que traduziam um esforço que eu não tive. Mas que disfarçava meu principal objetivo: demonstrar que trabalhei pesado e ter algumas moedinhas a mais ali na minha conta corrente imaginária, de onde eu poderia sacar o crédito para cobrar uma boa foda.

Débora fez uns cinco títulos novos nesse mesmo tempo. Inexperiência, nervosismo e uma provável falta de talento, a soma disso tudo com a certeza de que tinha ao lado alguém com a minha experiência e meu talento. Não havia outra explicação possível para ela só ter conseguido criar isso.

Débora já não chorava mais quando, duas horas depois, soube que os anúncios haviam sido aprovados pelo cliente, com um princípio de empolgação até, o que podia ser entendido como um um leve elogio ao trabalho da agência e que foi repassado à Débora pelo atendimento da conta e assumido por ela sem maiores problemas apesar de nós dois sabermos que o título escolhido era um título criado por mim.

Na verdade, parecia que ela não tinha passado por estresse algum. Tomou três copos de café com a tranquilidade de quem havia acabado de salvar o mundo com sua inteligência, respondia e-mails rindo como se houvesse tirado de letra apenas mais um trabalho. Claramente tentava passar para a agência inteira sua competência, sua rapidez.

Só veio me agradecer no fim do dia, quando a agência já começava a esvaziar. Pegou mais um café e sentou-se na quina da minha mesa, uma perna apoiada sobre o tampo de madeira, a outra ainda esticada até encostar no chão.

— Muito obrigado por hoje, Eduardo.

— Não tem por que agradecer.

— Acabei ficando nervosa pela falta de prazo. E tem sido assim sempre, muita pressão.

— É assim com todos os clientes. Nunca tem prazo para nada.

— Pois é. Fico achando que nunca vão confiar em mim aqui na agência.

— Mas as coisas se resolvem.

— De qualquer forma, obrigado mesmo. Fiquei impressionada com a sua rapidez. Você fez o quê? Trinta títulos diferentes em uma hora?

— Eu vi que você estava nervosa. Só quis ajudar.

A confiança sempre aparece pelo simples decurso do tempo. Mesmo que você saiba, no fundo, que os elogios que recebe deveriam, na verdade, ser direcionados para outra pessoa. De tanto ouvir que é realmente bom, que resolveu um problema, que o cliente está feliz, você passa a acreditar nisso tudo. E as pessoas com quem você se relaciona também passam a confiar em você. Com Débora, foi assim.

Eu ainda tive que ajudá-la algumas vezes. Até que ela foi pegando jeito, rapidez, malandragem. Os tais atalhos. Parou de chorar. Depois apagava o estresse fumando um cigarro, bebendo um café ou me chamando para conversar rapidinho no fumódromo.

Mas, quando ela já se sentia segura o suficiente para que minha ajuda virasse irrelevante, eu arrumava um jeito de aumentar os pequenos problemas. Não, não deixa isso passar não porque pode dar uma merda fodida, caralho que perigo, puta que pariu se isso saísse aqui da agência você estava ferrada, vem cá deixa que eu resolvo isso, melhor mudar esse texto aqui.

Eu puxava a corda para que o nó nunca ficasse confortável demais no seu pescoço. Ela podia respirar normalmente, mas tinha que sentir o peso do laço, saber que um passo em falso era o suficiente para que se enforcasse. Então, ela pedia de novo a minha ajuda. E ao mesmo tempo em que eu usava uma mão para salvar Débora, usava a outra para controlar a corda.

5

Maurício me chamou para conversar no dia seguinte à terceira vez em que precisei sair do trabalho para ficar com a minha mãe, mesmo ainda tendo coisas para fazer. Não que eu tivesse ido embora no meio da tarde. Mas sete e meia da noite era cedo para quem trabalha em propaganda, especialmente para quem trabalha com varejo nos dias de fechamento das ofertas. Eu sempre soube que isso ia acontecer. Teresa não era nada flexível com os seus horários, a propaganda também não é, e no meio disso tudo estava eu. Se eu saísse da agência depois das sete e meia, não chegaria em casa a tempo de render a enfermeira. Se eu saísse antes disso, deixaria trabalho por fazer nesses dias. De um lado, uma carreira que não existia mais, ou quase não existia mais. Do outro lado, uma mãe que não existia mais, ou quase não existia mais. Tudo bem, havia um salário que podia ser perdido e uma consciência que cobraria seu custo caso algo acontecesse com a minha mãe. No fundo, era uma conta matemática, uma equação em que a resposta é de menos infinito a mais infinito, ou seja, resposta nenhuma a não ser a certeza de que mais cedo ou mais tarde haverá uma perda. E de que as perdas, mesmo quando se tem pouco a perder, são perdas. Perde-se tudo, mesmo que seja quase nada.

— Teresa, só dessa vez, por favor.

— Desculpe, mas não dá.

— Eu estou cheio de trabalho. Não vou conseguir sair, como eu vou fazer? Minha mãe vai ficar aí sozinha? — Apertei meus próprios olhos com os dedos, aguardando a resposta que eu já sabia qual era.

— E o meu filho? Como eu vou fazer?

— Tudo bem, Teresa. Vou dar um jeito.

Teresa tinha um filho pequeno. Não abria mão de chegar em casa antes da criança ir para a cama. Provavelmente depois de seu marido servir o jantar para o filho em frente à única televisão da casa, o Jornal Nacional substituindo a obrigação de haver uma conversa entre os dois. E, na sequência do boa noite do Bonner, levar o garoto para o banho. Aquela água morna de chuveiro elétrico, pingando pouco. Teresa já deve chegar em casa com o menino esperando de pijama e chupeta, o cabelo penteado para o lado. Só então, com a mãe a seu lado, o filho dorme.

Pedi para que Débora me ajudasse com o que faltava do meu trabalho. Era preciso escrever muita coisa ainda. Anúncio, folheto, encarte de loja. Tudo é tão braçal, mecânico e óbvio que você sente como se fosse um trabalho físico. Uma repetição, uma série de exercícios de academia. Você sua digitando, uma linha atrás da outra, sem pensar.

Débora fazia o trabalho dela, e o meu, quando Maurício percebeu minha ausência. De novo. Ela pensou em mentir, mas Maurício nem chegou a perguntar onde eu estava. A doença da minha mãe já era conhecida na agência, mesmo que não se falasse sobre ela abertamente. Em propaganda, é impossível esconder qualquer coisa. Caso extraconjugal, doença congênita, tristeza crônica, morte de um familiar. Você conta para uma pessoa e o mundo fica sabendo no dia seguinte. Muitas vezes, aliás, você jura que não contou para ninguém e, mesmo assim, todos passam a comentar sobre a sua história no banheiro, na cozinha, no fumódromo. Em agência, qualquer segredo é público, a profissão é a morte da privacidade.

Eu já perdi o emprego por causa disso, logo depois de comer a filha do dono de um lugar onde eu trabalhava. Na época, apesar de ainda ser jovem, ganhava bem. Já era o famoso criador da campanha dos chocolates Maxime e o redator mais importante de uma agência grande. Só na criação, eram mais de vinte duplas de redatores e diretores de arte. E uma penca de estagiárias, geralmente filhas de clientes, dos amigos dos donos ou dos próprios donos. O que era um perigo, porque estagiárias de propaganda são sempre muito gostosas.

Morena, com o cabelo bem escuro, Bruna não era uma menina. Era um problema. De um metro e setenta, peitão, bunda estreita e sem culotes, do jeito que eu gosto. Tentei me manter afastado o máximo que pude. Toda vez que ela se aproximava, pedia opinião ou ajuda em algum trabalho, eu achava que não ia aguentar. E então fugia para casa e batia uma punheta pensando nela. Ganhava dois dias de tranquilidade, minha cabeça longe da fixação que ela me causava. Mas estágio de filha de dono não acaba nunca e ela sempre estava lá, perto da minha mesa, no dia seguinte. As mesmas dúvidas de estagiária, as mesmas saias, as mesmas calças apertadas.

Com o tempo, sua cabeça passa a temer menos os perigos e a encontrar justificativas para que você cometa os erros que o seu pau quer que você cometa. Se, no começo, você acha que não vale a pena correr tantos riscos só por uma noite de sexo, algum ponto do seu subconsciente inicia um trabalho de convencimento, procurando provar para você mesmo que não é só sexo e que, na verdade, você pode estar apaixonado. Se você resiste e tenta acreditar que a paixão também é pouco, logo em seguida, esse mesmo mecanismo convence você de que esse sentimento pode, na verdade, ser amor. E amor nunca é pouco. Aí, já era: quando vê, você está ouvindo uma música do Djavan, numa mesa de bar, ao lado daquela mulher que você prometeu a si mesmo que nunca ia comer.

Levei a Bruna num lugar chamado Zeppelin, um bar com uma linda vista para o oceano. À noite, ninguém conseguia ver nada, mas o convite era sempre esse, vamos lá no Zeppelin, tem uma vista linda. As mulheres acreditavam. Ou fingiam que acreditavam no romantismo do encontro. Eu também contribuía com a minha parte da mentira cantarolando "Pétala" e "Açaí" ao pé do ouvido, cheio de sentimento, fazendo coro com o rastafári que ficava sentado num banquinho com seu violão.

Outra vantagem do Zeppelin era que ele ficava numa ruazinha estreita e escondida no começo do morro do Vidigal. Pouca gente que eu conhecia frequentava o lugar. E é nos abatedouros clandestinos que você pode matar os bois sem precisar se preocupar em limpar a sujeira direito.

Comecei a pegar a Bruna na mesa mesmo. Naquela época ainda era permitido fumar na varanda dos bares, então eu nem precisava interromper minhas investidas para ir a nenhum fumódromo. Não que Bruna fosse resistir muito, desde o primeiro dia na agência ela se jogava em cima de mim. Mas as coisas aconteceram bem rápido. Logo que começamos a nos beijar, eu coloquei a mão sobre a sua perna e fui deslizando para cima, arranhando a calça jeans. Igual a todas as mulheres, ela tentou impedir minha primeira tentativa. Cinco segundos depois, no entanto, tentei de novo e foi. Direto até a costura que dividia os dois lados da calça. Ela apertou meu braço, as unhas entrando na minha pele, sua boca abriu um pouco mais, o pescoço todo arrepiado.

Levei Bruna para meu carro, que estava estacionado com duas rodas em cima da calçada na ruazinha em frente ao Zeppelin. Arrastei o banco do motorista até encostar no banco traseiro, puxei as calças da Bruna e elas saíram, brigando, pelo tornozelo. A calcinha branca, as alças fininhas nas laterais. Abri a braguilha e Bruna veio para cima de mim, montando no meu colo com uma perna para cada lado. Só precisei afastar a calcinha para o lado e meter. Sem camisinha mesmo, numa urgência que não podia esperar que eu encontrasse o pacote de Jontex no porta-luvas. Mantive uma mão na bunda enquanto puxava, com a outra, o sutiã e a camiseta para baixo. Seu peito apareceu e logo depois sumiu, dentro da minha boca.

Duas batidas no vidro, um raio de luz furando minhas pálpebras até entrar nos meus olhos sem permissão. As próximas duas batidas tiraram a minha concentração, até então dedicada ao peito direito da Bruna. Ela parou de mexer o quadril e me chamou.

— Eduardo, Eduardo.

Abri os olhos e passei a enxergar ainda menos, uma lanterna na minha cara. O policial bateu no vidro do carro mais duas vezes.

— Abre a janela, playboy.

— Caralho, puta que pariu.

Liguei o carro e acelerei na ruazinha estreita, a Bruna ainda encaixada no meu colo. Uma cabeça para a direita, outra para a esquerda, o policial berrando lá atrás enquanto eu descia rápido, segunda, terceira, quarta. Bruna voltou a mexer o quadril, rindo. Eu ri também.

Fora o policial, ninguém tinha presenciado a história. Mas há um problema quando se vive uma noite como essa, principalmente se você é um publicitário com certa fama e a outra pessoa é uma estagiária. E há um problema ainda maior quando a estagiária é filha do dono da agência onde você trabalha.

Para uma estagiária, qualquer prova de intimidade com um redator ou diretor de criação funciona como uma promoção sem envolver dinheiro. Um abraço, uma brincadeira despretensiosa ou mesmo um elogio pequeno são fichas que as estagiárias empilham em torres imaginárias de poder, comparadas o tempo todo às de suas concorrentes. Quanto maior a intimidade, maior o número correspondente de fichas, maior a pilha. Daí já se pode imaginar quanto valia, para Bruna, a história de transar com o criador da campanha dos chocolates Maxime no banco do motorista de um carro em movimento, durante uma fuga, logo depois de levar uma dura de um policial por estar fazendo sexo na rua em frente a um bar.

No dia seguinte, logo que cheguei na agência, percebi que metade do departamento de criação já sabia de tudo. Quanto mais eu negava, mais as pessoas acreditavam que era tudo verdade. Antes do horário do almoço, outros redatores, diretores de arte, diretores de atendimento e de mídia que nem falavam muito comigo vinham me perguntar se a Bruna era realmente tão gostosa quanto parecia, se seus mamilos eram grandes e rosados ou se eram mais escuros, se a bunda era lisinha, se ela era mesmo safada, se fomos para outro lugar depois de lá, se eu broxei quando percebi que o policial tinha nos encontrado, se pensava em comer a Bruna de novo, se era a primeira vez que tinha saído com ela, se ela tinha namorado, se eu namorava alguém, se ela bebia, se gemia alto, se era cheirosa, se usava calcinha pequena, se precisei tirar a roupa dela ou se ela mesma tirou, se ela chupava pau, se eu usei camisinha, se gozei dentro, se gozei na cara, se ela era toda depilada ou preferia deixar mais ao natural, se o pai dela sabia do que tinha acontecido.

As pessoas vinham até a minha mesa, como se quisessem falar de trabalho, e faziam as perguntas baixinho. Bruna estava na mesa dos estagiários, que também conversavam sem que pudessem ser ouvidos, virando apenas os olhos para mim. A partir daí, cada telefone que tocava, cada faxineiro que tossia, cada celular que vibrava, cada mensagem apitando ao sair das caixas de e-mail, eu achava que era por minha causa.

Quando levantei para pegar uma água, vi a secretária do dono da agência andando com seriedade, em ritmo militar, pelo corredor. Seus sapatos batiam no chão como se fossem coturnos. Ela vinha na minha direção com as narinas abertas de raiva, parecia indignada. Não disse oi, nem bom dia, como vai, tudo bem, como tem passado, nada. Parou com pés juntos, como se fosse dar ordem a um soldado raso, e me disse que o dono da agência queria falar urgente comigo. Eu pedi para terminar o copo d'água e ela repetiu que era urgente, não daqui a pouco, mas agora.

O dono da agência gritou tanto e me demitiu de forma tão humilhante que a única coisa que lembro foi de ter entrado na sua sala e ele ter mandado fechar a porta, como se as paredes de vidro segurassem qualquer tom de voz que não fosse o sussurro. A minha demissão também ficou famosa e os mesmos telefones e e-mails que antes comentavam sobre a noite de sexo com a estagiária, agora descreviam em detalhes cada xingamento que recebi na sala do chefe. Os redatores, diretores de arte e todo mundo do atendimento que fez fila para me perguntar da Bruna passou a fazer sinais de reprovação, como se nunca tivessem considerado a hipótese de comer a filha do dono da agência ou, mais do que isso, desejado comê-la desde o dia em que ela começou a trabalhar na criação.

Quando Maurício me chamou para conversar, já sabia que a agência inteira conhecia a história da minha mãe. Embora fossem agências e momentos diferentes, senti de novo todos os olhares se virarem para mim. Mais uma vez os telefones tocaram e vibraram por minha causa. Mais uma vez ouvi os e-mails sendo disparados com o meu nome no subject. Mais uma vez pressenti a demissão, a agência inteira escutando os motivos.

Sentei de frente para o Maurício, sem deixar a cabeça cair. Esperei que ele começasse a falar, que o constrangimento inicial fosse dele. Se era para me demitir que tivesse a coragem de quebrar o silêncio, de me dar bom dia antes de me mandar embora, de me cumprimentar com a mão firme.

— Eduardo, como está a sua mãe? — Maurício perguntou baixo, como se aquilo fosse um segredo nosso. Respirei até encher todo o meu peito.

— Fiquei sabendo que ela está doente.

— É. Não há muito o que fazer.

— Lamento muito.

— Infelizmente, acaba atrapalhando aqui no trabalho, eu sei, porque às vezes tenho que sair correndo. A enfermeira que eu contratei é meio rígida com horário, não se importa se eu ainda tenho coisa para fazer por aqui, simplesmente vai embora e, se eu não chego a tempo, minha mãe fica sozinha. E se ela ficar sozinha, em questão de minutos, pode dar uma cagada grande.

— Eduardo, eu não chamei você aqui para pedir explicações sobre ontem ou sobre os outros dias em que você precisou sair mais cedo. — Ele coçou a lateral do nariz com a unha e, em seguida, o topo da cabeça — Você sabe que as pessoas comentam as histórias dos outros e eu fiquei sabendo, meio por alto, sobre a sua mãe.

— Tudo bem.

— E aí? Como ela está?

— Maurício, olha, eu sei aonde você quer chegar. Então, por favor, fala logo de uma vez.

— Eu só quero saber como está a sua mãe. E foi exatamente essa a pergunta que eu fiz.

— Você não está me demitindo?

— Claro que não.

O celular de Maurício começou a vibrar. O seu aparelho está sempre recebendo chamadas, treme o dia inteiro como se tivesse Parkinson. Mesmo quando Mauricio está falando com alguém, há outra chamada em espera, que será sucedida por outra, mais outra e mais outra, até a primeira ligação ser desligada e outra chamada atendida, dando início a mais uma fila interminável. Maurício viu na tela quem tentava falar com ele, apertou um botão no topo do aparelho e desligou a ligação. Voltou a olhar para mim, mas demorou um pouco antes de continuar.

— Eduardo, todo mundo passa por problemas. Poderia ser comigo ou com qualquer outra pessoa aqui da agência.

— Entendi — eu disse, como se realmente tivesse entendido.

— Mas qual o prognóstico?

— Prognóstico?

— Sim. O que vai acontecer daqui pra frente?

— Daqui pra frente? Bem, ela vai morrer.

— Não foi isso que eu quis dizer. — Ele girava o celular na mesa, dando voltas de 360° com o aparelho, como se fosse uma roleta.

— O que vai acontecer até minha mãe morrer? É isso?

— Se você prefere pensar por esse lado...

— Ela vai piorar, depois piorar mais. Na verdade, quanto mais tempo ela viver, pior ela vai ficar, mais trabalho vai dar.

Peguei um cigarro, bati duas vezes no tampo da mesa e guardei novamente no maço junto a outros três que ainda estavam lá e que me garantiam pelo menos mais duas horas no trabalho sem ter crise de abstinência. Voltei a falar:

— Olha, Maurício, eu realmente não estou entendendo. Se a sua intenção é saber o que vai acontecer amanhã, na semana que vem ou na próxima, desculpe, mas eu não posso responder.

— Tudo bem.

O celular começou a tocar de novo. Dessa vez, Maurício me pediu um minuto, levantou e, de costas para mim, atendeu a ligação com uma das mãos tampando a boca. Arrastei a cadeira e desci direto para o fumódromo, pronto para acender um cigarro assim que a porta do elevador abrisse, no térreo. Débora me seguiu. Nós dois nos olhamos sem falar enquanto tragávamos o primeiro terço dos cigarros.

— E aí, Eduardo?

— E aí o quê? — respondi, displicente.

— Não vai me contar o que aconteceu? — Débora fechou o casaco até o pescoço, como que para se proteger do que ouviria, como se a minha história fosse o frio.

— Não aconteceu nada.

— Vocês ficaram conversando sobre o nada?

Virei a cabeça para o lado oposto ao que Débora estava. Senti uma das minhas mãos solta demais, perdida. Entre alisar o cabelo e escondê-la no bolso da calça, escolhi o bolso, o refúgio mais do que a função.

— Ele veio com um puta papo furado, querendo saber como estava a minha mãe, se eu estava bem.

— Mas ele não pode estar realmente preocupado com você? Com a sua mãe?

— Ele não está. Claramente não está.

— Por que não?

Soprei a fumaça da última tragada e apaguei o cigarro na sola do meu sapato. Acendi outro. Parecia que eu tinha ficado três dias sem fumar.

— Porque ele ficou rondando, rondando, perguntou do prognóstico.

— Da sua mãe?

— A intenção dele era descobrir por quanto tempo ela ainda viveria, precisando de ajuda, da minha ajuda. Ou seja, por quanto tempo eu ainda teria que sair correndo, de uma hora para outra, deixando trabalho por fazer, com risco de cagar tudo aqui na agência. A preocupação é com a saúde da empresa dele, não da minha mãe. Ele só não me demitiu logo de uma vez porque há um limite para a escrotidão. Foi apenas um aviso, para mostrar que ele está tentando, que é difícil, mas que ele está tentando, me dando uma chance, mesmo correndo riscos, porque entende o que eu estou passando. Assim ele se libera para, daqui a pouco, me mandar embora com a consciência tranquila de quem fez tudo o que podia. Ele me chamou lá para dar uma justificativa prévia para ele próprio e para todo mundo que viu nós dois conversando.

— Essa é uma interpretação sua.

Débora terminou o seu cigarro e apagou no chão. Ofereci outro, mas ela, com os braços cruzados, não aceitou.

— É uma interpretação óbvia — disse, rindo de irritação.

— Eu acho que você está desconfiado demais. Amargo demais. Por que ele seria tão escroto assim com você?

— Porque ele é um merda. Nunca criou nada, uma campanha que alguém se lembre — quase gritei.

— E o que isso tem a ver?

— Tudo.

— Mas ele contratou você. — Débora balançou a cabeça para os lados.

— Típico de um bosta como ele. Ou você acha que ele perderia a oportunidade de contratar um redator famoso por um salário ridículo? Ou deixaria passar a chance de mandar em mim, ser o chefe de um criativo como eu, que sempre fui muito mais reconhecido do que ele? Porra, tudo o que um medíocre quer é ter autoridade sobre alguém que ele admira, ter a vida profissional e financeira dessa outra pessoa nas mãos, poder contratar, demitir, fingir que vai demitir, desestabilizar, provocar medo, conversar em momentos de fraqueza só para mostrar que está vendo aquela fraqueza. É por isso que ele, um insignificante, contratou o criador da campanha dos chocolates Maxime.

— Do quê? — Débora tirou outro cigarro do seu maço, o isqueiro falhou. E eu ofereci o meu.

— Você não conhece a minha campanha dos chocolates Maxime?

Ela tragou uma, duas vezes. Prendeu o ar e falou sem respirar antes, a voz desafinada.

— Não lembro. Deveria conhecer?

Na primeira vez em que fui demitido, Bruna saiu atrás de mim, logo que deixei a agência, caixa de papelão nas mãos com as minhas coisas. Seus cílios estavam grudados uns nos outros, como se ela tivesse chorado. Me abraçou. Que ela se sentia muito mal, que tinha contado só para uma das outras estagiárias, que não queria que todo mundo ficasse sabendo, que se sentia traída por quem considerava ser sua amiga, que ela tinha espalhado até os detalhes da nossa noite, que não queria que seu pai ficasse sabendo, que tentaria falar com ele, que ela tinha decidido sair comigo, que já era grande o suficiente para decidir para quem dava ou deixava de dar, que seu pai não tinha que se meter nisso, que ele talvez ainda achasse que sua filhinha era virgem, que ela tinha adorado aquela noite, que tinha gostado muito do lugar e da minha companhia e da loucura toda, que me admirava muito profissionalmente, que eu era disparado o melhor redator da agência, que naquela empresa só tinha escroto fofoqueiro, que todas as mulheres eram umas invejosas, que o mundo era machista, que a propaganda era machista e hipócrita também, que só porque o pai era rico e dono de agência e chefe de todo mundo ele achava que podia mandar nela para sempre também, que queria sumir, viajar, morar fora, trabalhar numa agência nos Estados Unidos ou na Europa, que lá as pessoas são mais livres também, que lá ela poderia finalmente viver longe do pai, que todo publicitário brasileiro se achava um gênio mas que os gênios eram raros, que eu era difinitivamente um gênio, que o pai dela também se achava um gênio apesar de ser um ignorante de merda, que era rico sim, mas só isso, que ela se demitiria no dia seguinte, que a agência estava cheia de criativos ultrapassados, que não havia um diretor que ela conseguisse admirar ali, que mais cedo ou mais tarde a agência perderia todos os seus clientes, que todo mundo seria demitido, que metade daquelas pessoas nunca mais conseguiria arrumar emprego, ao contrário de mim, claro, que eu estaria empregado logo, que ficaria muito melhor em outro lugar, que as agências dos mercado iriam se estapear por mim, que o pai dela se arrependeria, que seria tarde demais, mas que ele se arrependeria, que ele não conseguiria me substituir, que não há pessoas com o meu talento, com o meu trabalho, dando mole por aí.

Eu tinha sido demitido, mas estava tranquilo. Tanto que fiquei ouvindo a Bruna falar sem interromper. Apenas pensava no pagamento que cobraria por aquela sessão de análise. E o pagamento seria uma foda naquele mesmo dia.

Seguimos no meu carro para o bar do Oswaldo, no começo da Barra da Tijuca. Nele, servem batidas em garrafas pet e tem como grande atrativo a localização: fica no começo de uma avenida que alguns cariocas chamam de Fuckway, com um motel seguido do outro, todos mais ou menos do mesmo nível, quartos a preços acessíveis. Dividimos meia garrafa de batida de coco e, pouco mais de quinze minutos depois, já fechávamos o toldo que escondia a vaga de um dos quartos do motel Mayflower. Escolhi uma daquelas suítes com jardinzinho, teto retrátil, espreguiçadeiras e uma piscina, que não dava para usar porque eu tinha um certo nojo da água, dos espermas de outros homens feito águas-vivas boiando em algum canto. Mas a piscina servia para ostentar, para mostrar para Bruna que eu tinha pagado mais pelo quarto, por aquela tarde com ela, mesmo sendo oficialmente um desempregado. Dessa vez, não bastava comer a Bruna. Haveria cu. O cu da filha do chefe que tinha acabado de me demitir.

6

Minha primeira demissão foi ótima. Uma semana depois, já estava trabalhando em outra empresa, ganhando bem mais. Em propaganda, todo mundo finge que é amigo, mas ninguém é amigo de ninguém. Funciona assim entre redatores e diretores de arte de diferentes agências que sempre torcem uns contra os outros, principalmente quando fazem elogios públicos a campanhas dos concorrentes. Entre donos de agências, essa relação é bem dissimulada e, ao mesmo tempo, bem clara. Como se estivesse sob uma fina camada de gelo em um lago. Não está na superfície, mas é visível o tempo todo. A disputa tem origem no ego, e envolve também as contas, dinheiro, prestígio. O bom-mocismo empresarial é a camada de gelo. Embaixo dele, há uma água suja. Pode-se sacanear seu adversário desde que exista pelo menos a possibilidade de se dizer, imagina, claro que não, nunca pensei que isso poderia deixar você chateado. Dessa forma, o gelo pode até rachar, mas não quebra. E continua servindo de base para as relações que serão construídas em cima dele.

O pai de Bruna, como todo dono de agência, tinha seus inimigos não declarados patinando sobre o gelo de suas relações profissionais. Ele ligou para cada um de seus concorrentes contando a minha história, que eu era um filho da puta, que tinha seduzido a sua filha, só uma menina, que eu tinha usado o meu prestígio, minha fama como criativo, para levar a Bruna para a cama, que ele tinha me demitido e que eu nunca mais deveria arrumar um emprego.

A raiva muitas vezes deixa as pessoas mais ingênuas. E mesmo sendo um publicitário experiente, um empresário bem-sucedido e um cínico profissional, o pai de Bruna não levou em conta que, em alguns lugares, o gelo é mais fino que em outros.O presidente de uma outra agência, logo depois de terminar a ligação com o pai de Bruna, me procurou. Falou que não concordava com o que eu tinha feito, que não tinha sido uma atitude profissional, que entendia a raiva que sentiam de mim, que ele teria tomado a mesma atitude comigo se eu comesse a sua filha. Mas disse também que não podia perder a oportunidade de fazer uma proposta para um redator do meu nível, criador de uma das melhores campanhas da História da propaganda brasileira, capaz de trazer as atenções do mercado, ganhar prêmios e concorrências.

Perguntei se ele não estava preocupado com o que o pai da Bruna pensaria. Ele disse que eu não precisava me incomodar com isso, que era um problema dele, e que tinha certeza de que, passado o calor do momento, o pai da Bruna entenderia aquilo como uma decisão de negócios, que eu era um bom profissional, que a minha demissão tivera um caráter pessoal e que problemas pessoais não são transferíveis em todos os casos. Como presidente de uma agência, ele viu uma oportunidade, criada infelizmente por um caso desagradável, mas uma oportunidade. E grandes empresários se reconhecem nesses momentos. Mesmo com raiva, há um entendimento e uma admiração profissional. Ele explicou que, no mundo dos negócios, os xingamentos e os elogios muitas vezes não são fiéis a seus próprios significados. Há horas em que elogios são, na verdade, xingamentos e outras em que xingamentos são os melhores elogios. As grandes decisões profissionais, concluiu, não são tomadas para evitar conflitos ou atrair bajulações, porque o sucesso nunca está nos outros, mas sim na alma dos verdadeiros empresários.

Elogiei sua coragem e aceitei, na hora, pelo dinheiro. A agência não era a mais criativa do mercado, mas o salário era muito bom. Combinei de começar uma semana depois, o que me rendeu alguns dias de férias e a chance de contar para Júlia a história que eu quisesse. Isso significava, claro, omitir a minha demissão por ter comido a filha do dono da agência. Disse que havia recebido uma proposta irrecusável de outra agência, que já tinha pedido as contas, que conseguira uma semana de folga antes de começar no novo emprego e queria jantar fora, com ela, para comemorar.

Nessa época, Júlia não era mais estagiária. Estava empregada em outro escritório, não o da Mirtes, mas ainda ganhando bem menos que eu. No jantar, quando contei o meu novo salário, ela custou a acreditar. Disse que nunca iria ganhar uma grana daquela na vida, me deu parabéns um milhão de vezes. Dividimos três garrafas de vinho, mas não comemos muito. A cada taça, ficava mais satisfeito comigo mesmo, mais certo de que eu era o melhor redator do mundo. Passei a rir de minhas próprias piadas. No restaurante, havia um espelho e eu adorei ver quem estava nele. Júlia virou uma mulher sortuda que deveria me agradecer para sempre por ter sido convidada a dividir aquele momento com um prodígio, beber garrafas e mais garrafas de vinho com ele, compartilhar de uma inteligência inédita na propaganda brasileira e talvez mundial. Ela devia pagar para estar ali, mas eu não deixaria porque eu ganhava muito mais do que a Júlia, obviamente. Aliás, ganhava muito mais do que qualquer outro redator do mercado do Rio de Janeiro, do Brasil, da América Latina, do mundo. Antes de serem ricos, os gênios são apenas reconhecidos como gênios. Eu já era um gênio com um ótimo salário.

Ninguém podia me parar. É engraçado como um reconhecimento profissional acaba gerando uma confiança extrema também na parte pessoal. Junto com o meu salário, cresceram o meu pau e a certeza de que podia comer todo mundo na hora que eu quisesse. Aquela noite, embora eu estivesse com Júlia, só conseguia pensar na boceta da Bruna. Boceta da Bruna, uma água com gás, boceta da Bruna, um gole no vinho, boceta da Bruna, beijo na Júlia, boceta da Bruna, garçom, pode trazer o couvert, boceta da Bruna, vou querer um fillet au poivre, boceta da Bruna, para ela um fillet com salada verde, boceta da Bruna, mais uma garrafa de vinho por favor, boceta da Bruna, beijo na Júlia, boceta da Bruna, um papaia com cassis, boceta da Bruna, quer sobremesa, Júlia, boceta da Bruna, um vinho de sobremesa, garçom, boceta da Bruna, uma água, boceta da Bruna, mais uma taça de vinho, boceta da Bruna, outra taça de vinho, boceta da Bruna, a conta por favor, boceta da Bruna, pode ficar com o troco.

Depois do jantar, deixei Júlia em casa e não subi. Assim que ela fechou a porta do carro, peguei o celular.

— Bruna, sou eu. Estou indo praí.

— Oi? — Bruna responde com a voz rouca de sono, ainda tentando identificar quem estava do outro lado da linha.

— Estou no carro, em dez minutos chego no seu prédio. Desce para me encontrar, quero te ver.

— Já estou na cama dormindo, Eduardo.

— Só um pouco, vai — encostei o carro ao lado de um boteco.

— Você está louco?

— Por quê? Qual o problema?

— E se meus pais acordarem?

— Bruna, esse seu apartamento é tão grande que se você estourar uma bomba na sala ninguém vai ouvir.

— Tem certeza que você quer que eu desça?

— Eu preciso te ver, Bruna. Só quero ficar um pouco junto de você. Estou indo. Se você não quiser descer, eu vou ficar aí embaixo mesmo assim, parado dentro do carro.

— Só preciso de um tempinho para trocar de roupa. Estou de camisola — ela disse, rindo.

— Em dez minutos estou aí.

No balcão do boteco, virei uma dose de cachaça ao lado de dois homens gordos que bebiam cerveja, as bundas se espalhando para fora dos bancos, cofrinhos a mostra. Pedi um maço de Marlboro, uma lata de Skol e voltei para o carro. O celular tocou. Era Júlia. Fechei a porta e o vidro antes de atender a ligação com a voz calma das consciências limpas.

— Oi, Júlia.

— Oi. Já chegou em casa?

— Não. Parei num boteco para comprar cigarro. — Acendi o cigarro e abri um pouco a janela do carro, o suficiente para não sufocar com a fumaça.

— Está tudo bem?

— Tudo bem sim. Pode ficar tranquila.

— Me liga quando estiver em casa?

— Tem certeza? — perguntei enquanto dizia, para mim mesmo, caralhoputaquepariu.

— Fico mais tranquila.

— É que já está tarde, você tem que acordar cedo amanhã.

— Eu não vou conseguir dormir antes de saber que você está bem.

— Mas eu estou bem.

— Bem, na sua casa. A gente bebeu, você está dirigindo e já é de madrugada. Custa me avisar?

— Não, não custa.

— Obrigada.

Dei partida no carro e saí da vaga na direção da casa da Bruna. Quando abria a lata de Skol, o celular tocou de novo.

— Desistiu de mim? — Bruna falava ainda com a voz arrastada, como se quisesse me lembrar de que tinha acabado de sair da cama.

— Claro que não, claro que não. Estou quase aí.

— Já estou na portaria esperando.

O celular caiu da minha mão, escorregando para baixo do banco do carona. Entre resgatar o aparelho e encontrar um pouco de tranquilidade no gole da minha cerveja, escolhi a bebida.

Quando parei na rua da Bruna, um pouco mais à frente do seu prédio, ela já estava lá embaixo, abrindo a grade que separava o jardim do prédio da calçada.

— Nossa, o que deu em você?

— Sei lá, só saudade mesmo. Quer um pouco? — ofereci um gole da minha Skol, que já estava um pouco abaixo da metade.

— Não. Estava dormindo, Eduardo.

— Desculpa se eu te incomodei.— Virei a lata de cerveja. O líquido bateu no estômago e voltou, se alojando em algum ponto entre o fim do meu peito e o início do pescoço.

— Eu também estou com saudades suas.

Comecei a beijar a orelha da Bruna. Ela puxou minha mão para o seu peito, como se precisasse dar um sentido imediato para ter acordado, levantado da cama e descido para me ver no meio da noite. Beijei sua boca, escorregando a mão para o mesmo peito, mas agora por baixo da camiseta que ela usava. Passamos para o banco de trás do carro. Levantei a saia de Bruna na altura do osso do quadril e puxei a calcinha até passar pelos seus pés. Ela deitou de costas para mim, os peitos grudados no encosto do banco. Abri minha calça, arrastei a cueca pelas pernas, apontei o pau na direção certa. E, nesse momento, comecei a ouvir o som da música Für Elise vindo debaixo do banco da frente. Bruna prendeu a respiração e eu, também.

— Você não vai atender?

— O quê?

— O seu celular.

— Tem certeza de que é o meu? — perguntei, me apoiando sobre o cotovelo.

— Meu não é.

— Bom, deixa para lá.

Esperamos o barulho parar, como se aquela ligação houvesse trazido para o carro uma terceira pessoa. Mantive a ereção por mais quatro toques até voltarmos a ser apenas nós dois ali. E então, meti na Bruna sem pudor.

Quando cheguei em casa, havia cinco ligações perdidas de Júlia na tela do aparelho. Não retornei as chamadas naquela noite, adiando as desculpas para a manhã do dia seguinte. Estava cansado demais para pensar qualquer coisa pelo menos um pouco inteligente naquele momento. Precisava dormir. Enviei uma mensagem de texto para Bruna avisando que tinha chegado bem e que já estava na cama.

Fumei o último cigarro da noite, o cheiro da Bruna misturado à fumaça, enquanto lia sua resposta à minha mensagem, algo como durma bem e sonhe comigo. O celular tocou novamente, era Júlia agora. Continuei tragando e soprando, tragando e soprando. Vi o aparelho se iluminar por trás da névoa criada pelo meu Marlboro. Für Elise, a luz verde acendia e apagava. Traguei mais uma vez, o celular um moribundo que morria ali na minha frente sem que eu me mexesse para ajudar. Bastava um movimento do meu dedo para que ele continuasse vivo. Apaguei a luz do quarto e, pela última vez, o celular piscou, se debateu de leve na madeira do criado-mudo e tocou o último espasmo de Für Elise. Dormi.

Teresa me avisou, quando eu ainda estava no trabalho, que minha mãe tinha uma novidade. A essa altura, você não torce para que haja alguma surpresa, porque qualquer coisa nova é naturalmente ruim. Para frente, é sempre pior. Desde que minha mãe se mudou para a minha casa, não houve nada que justificasse um otimismo da minha parte ao ouvir de Teresa que havia uma novidade. Era escutar essa palavra e pensar, na mesma hora, puta que pariu lá vem. Talvez eu tenha virado um pessimista. Mas a verdade é que os anos transformam o otimismo numa ilusão, o Deus de uma religião qualquer. Por mais que você reze, torça, peça por Sua aparição, o máximo que a realidade entrega é a própria realidade.

Minha mãe vivia com uma pequena aposentadoria, que eu nunca soube exatamente quanto era. Preferi acreditar que era pouco, mas o suficiente. Ela não me pedia nada, nenhuma ajuda, morava no seu apartamento próprio, já tinha certa idade, poucos programas a fazer, nenhum filho para criar. Só quando tive que assumir sua vida toda descobri que a aposentadoria não dava para nada. Era impossível para qualquer pessoa se sustentar com aquela merreca. Minha mãe não pagava o IPTU havia mais de dois anos e todas as outras contas estavam atrasadas: luz, gás, tudo, tudo. Ou seja, o apartamento dela, que eu pensava em alugar para conseguir um dinheiro que pudesse pelo menos cobrir o custo das enfermeiras, havia se transformado em mais uma dívida.

Portanto, quando Teresa disse que vinha mais uma novidade por aí, antevi mais uma cagada.

— Não é a primeira vez que a sua mãe faz isso.

— Não é a primeira vez? Peraí. Por que você não me contou antes? — Troquei o aparelho de um ouvido para o outro, apoiando a testa com a mão.

— Porque eu esperei se repetir algumas vezes. Sei lá, podia não acontecer nunca mais. Aí eu não precisava preocupar você com isso.

— Então todo dia acontecem coisas que você sequer me conta por não terem se transformado em um padrão?

— É. Eu acho.

— Você acha? — Percebi que estava falando alto demais no telefone do trabalho e baixei o tom de voz novamente — Você acha?

— Se acontecer uma vez e for grave, é claro que vou contar. Mas se for uma coisa, assim, passageira, não tem por que incomodar você. — Teresa nunca hesitava em responder nada. Parecia adivinhar o que eu perguntaria e, assim que ouvia a última letra da última palavra da minha pergunta, sem pausa para um respiro, já começava a falar.

— Então agora há um problema grave?

— Grave? Não. Mas como se repetiu algumas vezes, achei melhor contar para você, né? Para o próprio bem-estar da sua mãe.

Comecei a apertar o meu maço de cigarros como se ele fosse uma daquelas bolinhas antiestresse. Fechava o punho e soltava, esperando voltar ao formato original. Antes, eu fazia aquilo com os maços vazios apenas. Mas depois passei a fazer com os cheios também. E meus cigarros estavam sempre tortos.

— Então conta, Teresa.

— Nos últimos dias, sua mãe tem andado bem triste. Ela chora quase o tempo todo. Eu perguntava o que era e ela não respondia. Eu insisti, insisti. Até que ela me contou, daquele jeito dela.

— E o que é? Ela está sentindo dor?

— Não. Fique tranquilo que não tem dor nenhuma. Ela disse que estava muito triste porque a mãe dela prometeu passar para fazer uma visita e não apareceu. E que nem tinha ligado para se desculpar.

— A mãe dela?

— Exatamente.

— Mas é óbvio que ela não apareceu. Ela já morreu há mais de vinte anos.

— Sim, eu sei.

— E o que você falou para a minha mãe?

— Eu disse para ela não ficar triste, que a mãe dela amava muito ela e que, com certeza, viria outro dia.

— Mas, porra, é por isso que a minha mãe continua chorando. E vai chorar para sempre, porque ela não vem nunca. Não é melhor contar a verdade de uma vez, Teresa?

— Sua mãe já está sofrendo demais. Você acha uma boa ideia ela ficar sabendo que a mãe dela morreu?

— Ela não acabou de morrer. Morreu há anos e minha mãe já sabe disso.

— Não, não sabe. Já soube, mas agora não sabe mais. Se a gente contar pra ela, corre o risco dela passar de novo pelo mesmo sofrimento que passou quando sua avó morreu. Eu acho.

Fiquei em silêncio por alguns segundos. Passei a mão pelo rosto enquanto tentava lembrar da minha avó, de como ela tinha morrido, de como minha mãe recebeu a notícia. Não havia guardado muita coisa, talvez por nunca ter feito força para memorizar algum momento daquela época. Quando minha avó morreu, eu tinha mais ou menos vinte anos, naquela fase da vida em que os avós passam a ser mais dispensáveis, idosos com uma diferença de idade muito grande em relação a você. Representam o fim de um caminho, a ausência total de objetivos, de planos e de razões para existir. Eu estava no começo, eu era o começo. Mas minha mãe não estava no início da sua vida e chorou muito. Imagino que ela gostava bastante da mãe dela sim. Os filhos, por natureza, são obrigados a isso, não são?

— Eduardo?

— Oi, Teresa. Há quantos dias ela está assim?

— Há cinco dias.

— E qual a sua sugestão?

— Inventar uma história.

— Que história?

— Quando você chegar em casa, deixo você com a sua mãe na sala e vou pro seu quarto. Pego a linha do telefone lá e você passa o aparelho da sala para a sua mãe. Eu finjo que sou a sua avó e falo com ela. Explico por que não apareci, digo que amo ela, conto uma história bonita, essas coisas.

— Você acha que ela vai acreditar nisso? Acho difícil.

Cheguei em casa às sete e meia da noite e fomos, Teresa e eu, direto para o meu quarto. Ela sentou-se na minha cama, quase na altura do travesseiro. As pernas bem juntas, paralelas à mesinha de cabeceira onde ficava o telefone do meu quarto. Os pés não encostavam o chão. Com as costas retas e o braço esquerdo apoiado na coxa, inclinou-se na direção do aparelho.

Quando eu era pequeno, costumava encenar peças de teatro, que eu mesmo criava, para a minha mãe. Na sala da nossa casa, havia uma mesa de centro bem grande, de madeira, que me servia de palco. Eu fazia duas filas de três lugares com as cadeiras da mesa de jantar e colocava, ao lado da minha mãe, meus bonecos: índios apache, soldados com roupas camufladas, um ou outro Playmobil, um G.I. Joe com um paraquedas preso às costas e um Super-Homem que, apesar de ser um super-herói indestrutível, era menor do que todos os outros bonecos.

Eu tinha um repertório de mais ou menos cinco peças que sofriam pequenas mudanças a cada interpretação. Não havia um roteiro escrito e eu guardava de cabeça a estrutura das histórias. Embora seja impossível saber a opinião de toda a plateia, minha mãe parecia preferir duas delas. Era fácil perceber isso porque ela não hesitava em deixar bem claro que não gostava nem um pouco das outras três. Ah, não, Eduardo, essa não, essa não quero. Só assisto se for a outra.

Uma das preferidas era sobre um menino que morava numa cidade onde tudo era preto e branco. As casas, os prédios, as ruas, os carros, as roupas das pessoas, os postes, as calçadas, os sinais de trânsito, os uniformes dos times de futebol, os cachorros, os gatos, era tudo preto, branco ou cinza. Um dia, o menino vai visitar um amigo em outra cidade e fica encantado ao perceber que as coisas eram coloridas. Muros amarelos, árvores com folhas vermelhas, bicicletas azuis, caminhões de corpo de bombeiro vermelhos. O menino compra centenas de latas de tinta e, ao voltar para casa, pinta cada uma das coisas da sua cidade, que também passa a ser colorida.

A outra era a história de um menino que viajava de navio com sua família. Uma onda vira o navio e o menino consegue se salvar pendurando-se no galho de uma gigantesca árvore que surgia de dentro do mar e ia até o céu. Sua família some, não há mais sinal do barco. O menino passa então a morar nessa árvore e constrói uma nova família com os bichos que já viviam lá: um macaco, uma onça-pintada, uma arara e um gato que morria de medo de água.

Essas duas minha mãe assistia até o final, o que já era uma grande vitória para mim. Só um dia ela saiu antes que eu terminasse a história toda.

Na sala, tirei o telefone do gancho e disse:

— Mãe, para você.

Minha mãe me olhou, sem se mexer. Franziu a testa e continuou sentada no sofá. Conferi se o aparelho de audição estava no seu ouvido.

— Telefone para você. É a sua mãe.

Ela hesitou. Ou não conseguia entender o que se passava, o que era um telefone, uma ligação, quem eu era.

— Sua mãe não poderá vir e queria explicar por quê. Ela me contou que queria muito visitar você, mas que precisou viajar para outra cidade. Disse para você não se preocupar, que está tudo bem, que a cidade é linda, toda colorida, com uma árvore enorme que vai até o céu. Falou também que ama muito você e que está com muitas saudades e, por isso, quis ligar. Não quer falar com ela?

Minha mãe colocou o fone no ouvido e passou a escutar a voz de Teresa. Não disse nada, só ouviu. Concordava com a cabeça, a mão tremia um pouco.

— Fala, mãe. Não quer falar?

Ela olhava para mim, mas sua atenção estava direcionada para o que ouvia do outro lado da linha. Sentei na mesa de centro da sala, bem em frente à minha mãe. Ajudei a segurar o aparelho na altura do seu ouvido. E Teresa continuou a falar. Até que minha mãe me entregou o telefone.

— Mãe, tudo bem?

Teresa entrou na sala e parou em pé ao meu lado. Minha mãe olhou para a enfermeira, depois olhou para mim e sorriu, como se minha avó tivesse se transformado no menino da cidade em preto e branco ou no garotinho da árvore no meio do mar.

7

Tenho uma folguista nos fins de semana. Ela não trabalha as mesmas doze horas diárias que Teresa, chega ao meio-dia e fica até as oito da noite. É o suficiente para evitar o meu maior pesadelo desde que minha mãe se mudou aqui para casa: dar banho nela. Durante a semana, com Teresa, o banho acontece mais cedo. Nos fins de semana, só no começo da tarde, depois que a folguista chega, mas não há problema nenhum.

Folguista é um negócio caro, bem caro. Pelos dois dias, ela ganha quase a mesma coisa que Teresa ganha pelos cinco dias semanais. Proporcionalmente, se você for colocar na ponta do lápis, não vai contratar uma folguista. O custo dessa profissional extra era o toque final para que eu passasse oficialmente o mês todo no cheque especial. O normal é que minha conta esteja no vermelho, quando recebo, zero tudo. Mas nunca passa muito disso, do zero. É o preço de ter uma mãe doente, proprietária de um apartamento cheio de dívidas, mal cuidado e quase impossível de alugar, de ter uma enfermeira e também uma folguista para você ter um mínimo de descanso nos fins de semana. Preferiria trabalhar todos os dias da minha vida a ter que dar banho na minha própria mãe.

As noites de sexta e de sábado nunca mais foram iguais, claro, o que me força a marcar todos os meus programas para a parte diurna dos fins de semana. Por isso, quando finalmente combinei com Débora de nos encontrarmos no Parque dos Patins, marquei no sábado ao meio-dia e meia.

A partir daí, eu tinha sete horas e meia para patinar com ela, almoçar, beber alguma coisa, ir até um motel, comê-la e voltar para casa.

Ela chegou ao nosso ponto de encontro com quinze minutos de atraso, já patinando, uma pequena mochila nas costas com seus chinelos. Eu ainda precisei tirar os meus patins da mochila e vesti-los. Débora estava um pouco suada, os cabelos próximos da orelha já grudados à lateral do rosto. Ela sentou-se ao meu lado no meio-fio e me ofereceu um gole d'água, que eu não aceitei, concentrado que estava em colocar os meus patins, demonstrando intimidade com o equipamento.

Depois de tanto treino na garagem do meu prédio, me sentia confortável patinando. Não chegava a ser um patinador olímpico, mas sabia me equilibrar bem, deslizar com boa velocidade e não passaria vergonha ao lado de Débora, apesar de ser claro que ela tinha muito mais habilidade no esporte. Eu não arriscava andar de costas, por exemplo, o que ela fazia com tranquilidade, e com certa frequência. Sempre que estávamos conversando e ela me ultrapassava, dava um giro, continuando de costas para que não interrompêssemos o assunto. Havia na Lagoa outros patinadores que colocavam pequenos cones de papel no chão, deslizando entre eles, cruzando e descruzando os próprios pés, algo próximo ao slalom dos esquiadores. Às vezes, Débora tentava a manobra, meio displicente, derrubando os cones. Parecia querer mostrar que tudo aquilo era fácil demais, que não merecia seu mínimo esforço e que os erros eram propositais, apenas mais uma forma de acentuar suas qualidades de patinadora.

Os outros patinadores, todos mais jovens do que eu, acenavam para Débora quando nós dois passávamos. Ela me perguntou se eu não conhecia ninguém ali no parque e eu respondi que não, que costumava ficar do outro lado da Lagoa, mais próximo à Ipanema, já que eu morava lá.

Patinamos por mais ou menos quarenta e cinco minutos. Considerei minha atuação um sucesso, por não ter caído nem ao menos me desequilibrado a ponto de necessitar de qualquer ajuda de Débora para me manter de pé. Meu objetivo sempre foi provar que eu patinava, não que eu era um semiprofissional. Não, na verdade, meu objetivo sempre foi comer a Débora e a patinação era, mais do que um hobby, um meio de transporte até a cama. Para aquele dia, bastava que todas as nossas conversas sobre a história dos patins no fumódromo da agência não parecessem mentira.

Sentamos no quiosque de comida árabe de frente para a Lagoa, embaixo das árvores, e pedimos um chope para cada um. Acendi o cigarro de Débora antes de acender o meu. Ela esticou os dedos dos pés ainda marcados pelo elástico das meias, as veias saltadas. Suas unhas dos pés eram bem feitas e grandes, ocupando quase todo o espaço dos dedos, até mesmo nos dedinhos. O que me aliviou muito porque tenho uma certa repulsa por dedinhos femininos com unhas muito pequenas e finas, que mais parecem um risco feito com régua e caneta. Dedinhos com unhas pequenas geralmente são mais largos e avermelhados, como se fossem dentes de alho, às vezes escapam pelas laterais das sandálias e são mais propensos a criar calos. Por mais que a dona desse tipo de dedinhos se dedique a cuidar deles, é uma guerra perdida, sem solução.

Preciso admitir que já deixei de comer mulheres porque as unhas de seus pés eram feias. Essas mulheres me passam a impressão de serem sujas, mesmo que não sejam, e a minha energia, minha vontade para comê-las morre de uma hora para a outra. Algo se quebra dentro de mim. Mas esse não era o caso de Débora. Seus dedos eram lindos e bem cuidados, as unhas impecavelmente pintadas de vermelho escuro, nenhuma bordinha descascando, apesar dos quarenta e cinco minutos dentro de dois patins apertados.

— Gostou do passeio? Só espero que não tenha se decepcionado com a minha performance. Você patina muito mais do que eu. E acho que estou ficando velho também, não queria arriscar muito, cair na sua frente, sei lá.

— E se a agência perder a conta do supermercado?

— O quê? — perguntei, ainda olhando para os pés da Débora, processando a mudança brusca de assunto.

— Você não ouviu os boatos de que a agência pode perder a conta do supermercado?

— Não.

Saí do mundo encantado onde viviam apenas os dedos da Débora e passei a prestar mais atenção no assunto. A profissão de publicitário nunca foi muito segura e a rotatividade nas agências é grande, seja porque as pessoas resolvem mudar ou porque são forçadas a sair. Agências não funcionam exatamente como empresas em que os funcionários têm planos de carreira, nada disso. Elas contratam e demitem conforme vão ganhando ou perdendo contas e as pessoas seguem o caminho dessas contas, se recolocam no mercado, ou pelo menos tentam se recolocar. Quando um anunciante grande sai de uma agência, há sempre um passaralho, um dia em que dezenas de pessoas são demitidas em sequência. Todo publicitário já passou por isso. Ou esteve entre os demitidos ou sobreviveu a esse momento, vendo muitos de seus colegas serem mandados embora.

Nestes dias, o primeiro a ser cortado é o mais sortudo, ou o menos azarado. Ele recebe uma ligação na sua mesa e é chamado para uma sala onde o seu chefe direto, ou o diretor geral da agência ou, em raras exceções, o diretor de RH, o manda embora. O demitido sai da sala com a cara típica de quem acabou de ser demitido, sabendo ser o centro das atenções no exato momento em que tudo o que queria era não ser o centro das atenções. E a partir daí, todos os outros funcionários da agência passam a temer que o telefone de suas mesas toque e eles sejam chamados para a mesma sala. A espera pela ligação da morte muitas vezes é pior do que a própria demissão, há uma torcida clara para que o telefone dos outros toque, e não o seu. E nesse dia, só nesse dia, essa torcida é aceitável sem mágoas porque é comum a todos.

A tarefa de quem está demitindo as pessoas fica até menos desagradável nessas ocasiões, já que é naturalmente mais fácil matar um monte de gente ao mesmo tempo do que uma pessoa só. Um grupo não tem uma família, um filho no colégio, uma mãe doente. E quanto menos pessoais as demissões, mais elas podem ser depositadas na conta de fatores estranhos à vontade dos patrões: perda de receita, crise, um cliente que trocou de agência. Os potenciais demitidos já esperam sua hora, passivos em suas mesas, com a mira laser na testa. Na verdade, sabem que perderam o emprego antes de serem comunicados oficialmente disso. Nem sequer escutam o que é falado, apenas repetem que entendem e muitas vezes chegam a agradecer a oportunidade, preocupados em não se queimar ou em conseguir uma indicação para outro lugar.

Minha segunda demissão aconteceu num passaralho. Foi essa demissão que começou a virar minha carreira numa curva descendente e, quando você começa a descer, é quase impossível parar. Você passa a aceitar salários piores, em posições piores, em agências com trabalhos piores e faz campanhas piores. No máximo, é possível se manter no patamar dos encostados aceitáveis nas agências, até que algum diretor financeiro da agência perceba que o seu salário baixo talvez não seja tão baixo assim e você dança de novo.

— Como você ficou sabendo, Débora?

— As pessoas comentam, você sabe.

— Mas está mais para boato ou mais para a categoria "vai acontecer em breve"?

— Tem alguma diferença?

A cada frase, eu dava um gole na cerveja para incentivar Débora a fazer o mesmo. Naquela velocidade, a conversa não levaria a lugar nenhum e todos os meses de treino para a patinação, toda a ajuda que eu ofereci no trabalho e toda a razão de ser daquele encontro deixaria de existir. Mas ela continuava a beber na sua própria velocidade, o que afastava não só ela, mas a mim também, de uma boa tarde de sexo.

— E você?

— Eu o quê?

— Está preocupada?

— Claro, Eduardo. Eu não tenho uma carreira estabelecida como a sua, não fiz uma campanha memorável como você fez.

— Mas você nem lembrava da campanha de Maxime — simulei uma timidez.

— Por uma falha minha, não da campanha. E mesmo assim, eu sabia quem você era, tinha ouvido o seu nome.

— Enfim, tudo bem. Deixa pra lá. Isso não importa agora.

— É a maior conta, vai dar merda se sair.

— Esse não era o assunto que eu pensei que a gente fosse conversar hoje.

— Mas tinha um assunto específico?

— Não. Específico, não. Achava que a gente ia conversar sobre amenidades. Falar besteira.

— Desculpe. É que esse negócio da agência não sai da minha cabeça. — Ela bebeu um gole um pouco maior dessa vez.

— Tudo bem.

— É engraçado porque, depois daquela nossa conversa no fumódromo, quando você estava meio chateado do papo que teve com o Maurício, eu achava que você também ficaria nervoso, preocupado.

— São duas coisas diferentes — disse calmamente.

— O quê?

— Querer falar amenidades com você ou estar preocupado com a perda da conta.

— Então você também está preocupado? — ela começou a despedaçar o papelão da bolacha de chope. E eu buscava com a maior rapidez possível na minha lembrança algum sinal que ela poderia um dia ter emitido de que, sim, queria me dar. Na agência, no fumódromo, durante uma crise de choro.

— Débora, hoje eu ganho um salário muito menor do que eu estava acostumado a ganhar. E, enquanto ganhei bem, não juntei nada. Agora fodeu porque eu sei que nunca mais voltarei a ganhar um puta salário. Estou naquela fase em que é impossível fugir da profissão, tentar outra coisa. Já era. O que mudar vai mudar para pior. Tenho uma mãe doente, que mora comigo e dá uma despesa grande. Não vejo muita saída no meu futuro. Se eu não me ferrar agora, amanhã, na próxima leva de demissões, vou me ferrar em breve.

— Isso não é preocupação só. É um pessimismo total e exagerado. — Ela parou de rasgar a bolacha como se precisasse se concentrar para não deixar claro que achava o mesmo que eu sobre o assunto, que talvez até se preocupasse com a minha situação ou pior do que isso: que eu era digno de pena.

— Eu só fiz uma leitura realista sobre o meu momento na profissão. — Meu chope grudava na bolacha toda vez que eu tentava levantar o copo.

— Eu achei que você confiava muito mais no seu talento.

— Eu confio no meu talento. Só não confio na publicidade. — Desgrudei o copo pela última vez e dei a bolacha para Débora rasgar.

— E o que você pensa em fazer?

— Nada.

— Nada?

— Não há nada a ser feito — respondi enquanto limpava o bigode de chope com a língua. Senti um arroto vir, mas o mantive apenas dento da boca, evitando o barulho. Soprei o ar como se fosse um cigarro, o que me lembrou da vontade de fumar. Acendi o isqueiro para mim e para Débora depois.

— Não é possível que você pense assim de verdade — ela tragou.

— E o Maurício? Alguém falou com ele? Alguém perguntou sobre essa história?

— Que eu saiba, não. Também, não dá pra chegar na mesa dele e perguntar se é verdade que a agência pode perder a sua maior conta e que ele terá que mandar quase todo mundo embora.

Tentei mudar o assunto mais uma vez, falar de patins, cinema, História, política, religião, literatura, alguma série, programa do Discovery, viagem, bebida. Mas ela sempre voltava às possíveis demissões, ao risco que corríamos.

Desde que comecei a trabalhar, o mercado das agências no Rio de Janeiro diminuiu bastante. Nunca percebi uma alternância entre momentos de alta e outros de baixa. O número de vagas caiu de forma consistente, a cada ano as agências ficaram menores ou desapareceram, os salários minguaram, apesar de continuarem sendo disputados pelos sobreviventes como se fossem fortunas. Acho que todas as agências por onde passei fecharam. Cada vez mais gente passou a se afogar, pedindo ajuda para um navio que não para e, pior do que isso, vai se transformando em barco, até o dia em que vira apenas um bote. E mesmo que esse bote resolva dar meia volta, nunca conseguirá resgatar toda aquela gente que ficou na água. Famosos, desconhecidos, altos salários, funcionários baratos, jovens, velhos, competentes, preguiçosos, inteligentes, burros, extrovertidos, tímidos, inseguros, convencidos, eu, Débora, todos vão se afogar juntos. A diferença é você ter a sorte de estar no bote nesse momento. Sorte. Porque não dá para ter certeza de que conseguirá se manter lá. Por mais que você confie que está em segurança, por mais você seja reconhecido como um bom profissional, por mais que tenha uma carreira digna de nota, um dia a sua agência pode perder sua maior conta, mesmo que seja um cliente de merda como o supermercado para o qual criamos nossas campanhas na agência de Maurício. E aí, de um dia para o outro, seu bote vira água.

— Realmente, seria uma merda, Débora. Mas não acho que você deve ficar preocupada demais. É óbvio que eu corro muito mais risco do que você.

— Eduardo, pelo amor de Deus. Nós dois sabemos que isso não é verdade.

— Nós dois sabemos que é. — Incrível como ela continuava tentando disfarçar.

— Por quê?

— Você, no lugar dele, demitiria quem de nós dois?

Débora olhou para a lagoa e soltou o elástico que prendia os cabelos, o cigarro preso só pelos lábios. Com as duas mãos abertas, formou um novo rabo-de-cavalo, mais esticado, e deus três voltas com o elástico atrás da cabeça. Prendeu a franja com um grampo.

— Débora, você ganha menos do que eu, trabalha mais do que eu e não precisa faltar ou sair mais cedo para cuidar de uma emergência de sua mãe doente.

— Tudo bem. Mas o nosso trabalho não pode ser medido assim. Em meia hora você pode criar uma campanha muito melhor do que eu criaria em oito horas. — Pronto, era pena o que ela sentia por mim. Não gratidão ou alguma curiosidade sexual. Era pena.

— Na conversa que o Maurício teve comigo, ele já estava preparando o terreno. Eu avisei, lá naquele dia, para você. Talvez ele já até soubesse que a conta do supermercado estava em risco.

— Eduardo, mas sinceramente e sem esse seu falso pessimismo: se for demitido, você sabe que ainda tem mercado.

— Falso pessimismo? — disse, surpreendido por estar irritado com Débora pela primeira vez.

— Falso, sim.

— Débora, eu estou claramente na merda. Estar nessa agência, trabalhando para o Maurício, já é estar na merda — falei um pouco mais alto do que deveria e achei melhor dar um gole demorado no chope.

Uma mulher caminhando com o seu bulldog francês passou na nossa frente. O cachorro respirava fazendo barulho e a dona ofereceu água dentro de uma cumbuca feita com um coco. O cachorro bebeu quase a água toda e depois passou a lamber a dona, que retribuiu o carinho. Um homem e uma mulher corriam pela beira d'água, magros, bonitos, com roupas novas da Nike, os dois riam enquanto conversavam. Um pai empurrava um carrinho de bebê ao lado de sua mulher. O filho mais velho, de mãos dadas com a mãe, puxava um balão com a cara da Peppa Pig.

Aparentemente, o mundo ia bem para cada uma daquelas pessoas. Desde que fosse mantido um distanciamento mínimo, a Lagoa era uma espécie de caneta marca texto fosforescente que só selecionava os melhores momentos da vida de donas de bulldogues, de casais que corriam, de pais e mães com seus filhos. Mesmo que, em casa, aquele casal se batesse, pais e filhos se xingassem e o cachorro mijasse em todos os tapetes.

Pedi mais um chope, o quinto ou o sexto. Débora me acompanhou. Antes de começar a beber o copo seguinte, virou o pouco que restava na sua tulipa.

— Mercado, carreira. Essas coisas não existem mais em propaganda — continuei mais calmo.

— Ah, não? Você não tem uma carreira, por exemplo?

— Não. Eu tive um momento. E embora eu use aquele momento para tentar definir uma carreira inteira, ele foi apenas isso: um momento. Eu estava na agência certa, na hora certa e aproveitei.

— Você está sendo injusto com você mesmo. Você teve sorte? Por isso fez tudo que fez? — Ela rasgou outra bolacha de papelão.

— Débora, eu fiz uma campanha digna de nota em mais de quinze anos. Isso não é uma carreira.

— Não exagera. Você é reconhecido no mercado, na agência onde você está, por mim. Você sabe que é um ótimo redator.

— Você diz isso, mas até que ponto acha de verdade? Por que acharia, aliás? Pelos folhetos de merda que eu faço hoje? A melhor coisa que eu fiz na vida você nem lembrava. Você diz que eu sou foda, uma ou outra pessoa da agência dizem que eu sou foda, mas nós sabemos que a verdade é outra.

Eu fui realmente foda uma vez. Uma vez. E usei o sucesso daquela campanha o máximo de tempo que eu pude. Numa profissão cheia de medíocres, como o Maurício, é possível conseguir isso. Mas não quer dizer que eu tive uma carreira brilhante. Porque não dá para definir uma vida inteira por causa de um momento.

Houve um silêncio que só foi quebrado pelo toque do celular de Débora. Ela virou de costas para mim e, com a mão em volta da boca, atendeu. Falou rápido e, ao desligar, já segurando a mochila, disse que precisava sair.

— Quanto eu deixo?

— Não precisa se preocupar.

— Por favor, Eduardo.

— Vou continuar mais um pouco aqui. Lá na agência a gente acerta.

— Desculpe, mas preciso ir mesmo. Nem vi a hora passar direito — se justificou sem que eu pudesse descobrir se aquele telefonema era a razão para que ela fosse embora ou apenas uma desculpa para deixar nossa conversa parada naquele momento um pouco desconfortável, mas ainda seguro. Agradeceu pelo passeio de patins e saiu, tão gostosa quanto algumas horas antes, levando embora também a foda que eu havia aguardado há tanto tempo.

Terminei meu oitavo chope, paguei a conta e saí, de patins, em direção a Ipanema. A cerveja me transformou no patinador que eu não era, mais rápido, habilidoso, com coragem para tirar finos de árvores, pessoas, bicicletas, saltar falhas no asfalto da ciclovia e mesmo buracos. Passei pela entrada do clube Caiçaras, por barracas de coco com cadeirinhas de plástico ao lado, por uma mulher que alongava a batata da perna empurrando uma árvore. Quando comecei a curva na altura da Maria Quitéria, em frente ao posto de gasolina que ficava do outro lado da rua, me desequilibrei. Talvez um galho solto tenha se prendido entre as rodas, talvez eu tenha simplesmente feito um movimento errado, esticado demais as pernas, não lembro. Antes de cair, apesar de ainda estar de pé, sabia que não conseguiria evitar o tombo. Há um momento em que não se pode fazer mais nada além de aceitar a queda, aguardar o choque e exclamar, dentro da sua própria cabeça, algo como puta que pariu, não é possível que eu vou me esborrachar no chão. Coloquei os braços para a frente, protegendo o rosto, amortecendo o peso.

Rasguei as mãos no asfalto. O joelho direito também ficou em carne viva, veias azuis na carne vermelha. Deitei de costas no chão, respirando. O rosto estava salvo, os cotovelos também, e não havia nenhum osso quebrado, aparentemente. O tornozelo doía um pouco, mas nada que se comparasse às mãos. Arrastei o corpo até o meio fio e me sentei. Um homem, que caminhava com seu filho, parou assustado para perguntar se eu estava bem. Disse que viu a queda, mas que não deu tempo de me segurar. Pedi apenas para que me ajudassem a tirar os patins, já que não conseguia encostar em nada sem sentir dor. O resto do caminho faria a pé, com os patins na bolsa, por instinto de sobrevivência. O pai deve ter sentido o cheiro de álcool no meu bafo porque se afastou rápido com o filho enquanto eu comprava uma água para limpar o sangue e a sujeira dos machucados. O tombo, mais do que a água, me deixou sóbrio. Andei até a esquina da Lagoa com a Vinícius de Moraes. Minhas mãos e meu joelho latejavam como se tivessem pulmões próprios.

Já em casa, dispensei a folguista um pouco mais cedo do que o horário normal. Antes que ela me perguntasse onde estava, o que tinha acontecido, se precisava de ajuda, se queria um copo d'água, algum remédio para os machucados.

Não, não vou descontar do seu dinheiro, fique tranquila, já estou em casa. A folguista saiu com a roupa que estava, sem se trocar. Lembrou apenas de pegar a bolsa e de agradecer pelas horas a menos de trabalho. Deve ter pensado em falar alguma coisa sobre as minhas mãos porque fixou o olhar nos meus machucados, calada, por alguns segundos. Depois virou-se e bateu a porta.

Minha mãe dormia no seu quarto. No banheiro, liguei a pia. A água escorrendo vermelha, passando nos cortes igual navalha. E tudo o que vinha na minha cabeça era a chance perdida de ter comido a Débora, o short jeans curto, os músculos marcando a lateral das pernas, o tornozelo fino, os dentes brancos e grandes. A essa hora eu deveria estar em alguma cama, de qualquer quarto, pelado, chupando os peitos da Débora, a boceta, os pés, fodendo pela terceira, quarta, quinta vez, tentando o cu, direcionando sua boca para um boquete. Mas tudo o que me restava era uma mãe deitada no quarto ao lado e, ali no banheiro, duas mãos em carne viva e a imaginação. Senti meu pau endurecer em homenagem à Débora. E comeria ela ali mesmo, sentado na minha privada, do jeito que eu quisesse. Haveira boceta, cu, boca, porra na cara, porra na boca, tapa na bunda, puxada de cabelo.

Fechei a torneira da pia, desci a calça até os joelhos e dei início à punheta. As carnes das mãos esfoladas mais finas que a de uma boceta, molhadas de sangue quente, doendo tanto quanto um cu rasgado.

8

Já acordei várias vezes por causa de barulho ou claridade, mas essa era a primeira vez que eu acordava por causa de um cheiro. Senti o cheiro de mijo primeiro no sonho. Não lembro onde estava, só me recordo de respirar um xixi cada vez mais intenso, que me afogava quase como se o ar fosse o próprio mijo entrando líquido pelas minhas narinas. Por mais que eu virasse a cabeça de um lado para o outro, não conseguia escapar do fedor, que subia por trás dos olhos, atingindo a cabeça, ardendo no cérebro. Acordei na minha cama, o sonho já esquecido, mas o odor ainda presente, mais forte do que em todos os outros dias. Parecia que minha mãe tinha urinado em seu quarto, no corredor, no banheiro, na cozinha, em todos os andares do prédio, em todo o bairro, em toda a cidade.

Abri a janela antes de pegar, no armário, meu perfume e uma toalha de rosto. Segurei a toalha perfumada no nariz enquanto esperava Teresa chegar. Ainda eram seis e meia da manhã e foi impossível dormir ou mesmo me mexer da posição em que estava para não correr o risco de sentir o xixi vencer a barreira criada pelo perfume.

Teresa chegou às oito em ponto, como sempre. Assim que ouvi o barulho de suas chaves na porta, fui na direção da cozinha. Parecia um ladrão de banco com aquele pano tampando o rosto.

— Meu Deus, o que é isso?

Retirei a toalha do nariz e tentei respirar pela boca e falar com Teresa ao mesmo tempo.

— Isso é a única maneira de conseguir respirar nesta casa, Teresa.

— Mas o que aconteceu?

— Você não está sentindo? — Voltei a botar a toalha na frente do nariz e puxei o ar com força.

— O quê?

— Eu acordei hoje com o cheiro de mijo que vinha do quarto da minha mãe. Nunca respirei nada tão desagradável.

Ela abriu as duas narinas, fazia movimentos curtos para a direita, para cima, para a esquerda.

— Engraçado, não estou sentindo.

— Impossível.

— Você viu se a cama está molhada?

— A minha?

— Da sua mãe. Se a cama da sua mãe está molhada.

— Não tive coragem nem de me aproximar da porta do quarto dela. — Espirrei um pouco mais de perfume na toalha.

Teresa seguiu na frente e, quando entramos no quarto da minha mãe, um calor fedorento me envolveu. Era como se eu tivesse acabado de chegar naqueles banheiros coletivos de empresas logo depois do almoço, quando todo mundo resolve cagar e mijar conjuntamente em cabines com grandes frestas embaixo e aberturas no teto, deixando livre o caminho para que peidos de diferentes gradações, merdas de odores diversos e litros de xixi se misturem num mesmo ambiente irrespirável.

— Nossa Senhora. Sentiu agora, Teresa? — disse, rindo, como se o que era óbvio para mim há horas tivesse acabado de se tornar óbvio para ela também.

Minha mãe dormia por baixo de um cobertor que ia até os seus ombros e não permitia que víssemos a provável mancha na cama nem sua calça molhada. Teresa fez um carinho na cabeça de minha mãe como se estivesse penteando seus cabelos para trás e disse bom dia, como foi a noite, tudo bem? Em seguida, puxou o cobertor para o pé da cama e arrastou as mãos pelo colchão.

— A cama está seca.

— Tem certeza? E a calça do pijama?

— Seca também. — Por pouco não vomitei ao ver Teresa cheirar a calça da minha mãe.

— Não me parece que tenha vazado urina — ela continuou.

— E o chão?

— Também não está molhado não.

— Mas e esse cheiro?

— Não estou sentindo o cheiro.

— Você deve estar resfriada, com sinusite. Só pode.

— Estou nada. Deus me livre.

— Teresa, por favor, alguma coisa precisa ser feita pra melhorar esse cheiro.

— Eu já vou dar banho na sua mãe.

— Passa um pano aqui no chão e troca a roupa de cama também?

Voltei para o meu quarto jogando perfume para todos os lados. Com mais três toalhas de banho, tampei a pequena fresta que separava a porta do chão e, já deitado na cama, tentei dormir um pouco, mesmo que tivesse que me atrasar para o trabalho. No banheiro, Teresa ligou o chuveiro. Deixou a água esquentando enquanto voltava até a minha mãe para tirar-lhe a roupa e a fralda. Exatamente como as mães e os pais que criam seus filhos recém-nascidos devem fazer todos os dias. Depois, as duas passariam pelo corredor novamente na direção do banheiro, minha mãe pelada e pronta para sentar em seu banquinho dentro do box, debaixo da água morna, apoiada nos braços de Teresa, os cabelos caindo pelo rosto, a barriga com dobras soltas sobre as coxas magras.

Bruna me ligou três meses após nossa última conversa, pouco depois daquele dia em que fui demitido pelo seu pai. Marcamos no calçadão da praia de Ipanema, num daqueles banquinhos de cimento na altura da Maria Quitéria. Cheguei um pouco antes do horário e esperei Bruna fumando um cigarro e bebendo uma cerveja em lata, de frente para o mar. Três meses antes, numa situação parecida, eu estaria de pau duro, já calculando em quanto tempo nós estaríamos fodendo. Mas agora ela tinha sobre mim o mesmo efeito que qualquer baranga, ou seja, só a comeria se não precisasse de trabalho nenhum para tanto. Além disso, quando paramos de sair, houve um certo estresse entre nós dois. Na verdade, eu não comuniquei à Bruna que não tinha vontade de namorar ou mesmo de vê-la novamente. Simplesmente sumi, deixei de ligar ou atender as ligações que ela me fazia. Nada pessoal, era mais falta de paciência para lidar com problemas, choros, reclamações.

Quando Bruna conseguiu falar comigo pelo telefone, a transformação de seus sentimentos em relação a mim era completa. Parecia me odiar quase tanto quanto seu pai e o vocabulário de xingamentos se provou comum na família. Eu havia deixado de ser um gênio, um injustiçado, bom comedor, carinhoso, romântico, tarado de um jeito bom, seu pai já não era o insensível rico e controlador de antes.

— Nunca mais quero ver você, Eduardo. Você é um escroto.

— Uma pena a gente terminar as coisas assim — eu disse com a voz melosa.

— Que coisas? Você não deu a chance para que as coisas sequer começassem a acontecer.

— Eu achava que aquelas nossas noites tinham acontecido.

— Eduardo, eu sofri mais do que você na sua demissão. Briguei sério com o meu pai por sua causa. — Nessa hora, eu só conseguia lembrar que ela tinha me dado o cu por causa disso também.

Dei um gole no uísque que estava na minha mão. Do outro lado da linha, ela deve ter ouvido o som do gelo batendo nas bordas do copo de vidro.

— Eu sei. E sou muito agradecido a você por isso, Bruna. De verdade.

— Então por que você sumiu?

— Eu não sumi. Sempre estive aqui.

— Aqui onde?

— Nos mesmos lugares de sempre.

— Mas você não atendia minhas ligações, não retornava quando eu deixava recado, nada.

— Desculpe, eu não sei muito bem lidar com esses momentos.

— Você não é mais nenhuma criança, Eduardo. Se não queria mais sair comigo, era só me dizer. Agora, é uma sacanagem sumir assim, de uma hora para a outra, não dizer nada, não dar um sinal de vida, uma explicação. E me deixar sem saber o que estava acontecendo, se eu tinha feito algo de errado.

— Algo de errado? Claro que não. Você sempre foi um amor comigo.

— Então por que essa total falta de consideração, de carinho? — Ela parecia estar chorando.

— Não sei, Bruna. Não sei por que eu sou assim.

— Não sabe? — Sim, ela estava chorando.

— Eu não gosto de dar más notícias para as pessoas, ter conversas desagradáveis. Não me faz bem.

— Você é um egoísta de merda, Eduardo — falou com a voz firme, estancando o choro.

— Mas por quê?

— Você sumiu da minha vida sem me dizer nada porque não se sente bem ao dar más notícias para as pessoas? Nunca passou pela sua cabeça que isso podia fazer mal pra caralho para mim?

Dei dois goles seguidos no uísque. Girei os gelos para misturar a água que restava no fundo do copo.

— Eduardo, está me ouvindo?

— Estou, Bruna. Desculpe. Não queria fazer mal a você embora admita que tenha feito. Sou muito agradecido pelo que você fez por mim.

— Eu não queria que você agradecesse. Eu queria que a gente tivesse ficado junto.

— Isso eu não consigo fazer. Hoje, não consigo.

— Por quê?

— Eu estou num outro momento, Bruna. Não quero nada sério com ninguém, quero aproveitar outras coisas.

— Outras coisas ou outras mulheres?

— Não é só isso. Por favor. É apenas uma questão de momento de vida. Tem a minha profissão, quero viver esse momento também. Para mim, essa não é a hora de namorar. Não quero estar preso a ninguém, a nada. Eu só quero viver a minha vida, Bruna. — Aquela conversa já estava durando tempo demais e eu comecei a procurar o controle remoto da televisão. Talvez alguma partida de tênis estivesse sendo transmitida naquele horário.

— E hoje, você não pensa em dividir esse momento comigo?

— Com ninguém, Bruna.

Depois dessa ligação, foram quase três meses de silêncio até que ela me procurasse de novo, querendo me contar algo importante. Por mais que eu pedisse para ela falar ali pelo telefone mesmo, Bruna insistiu que era melhor frente a frente. Disse que não ia me xingar, pedir para que eu ficasse com ela, nada disso. Só precisava que eu soubesse de uma novidade, e rápido, porque viajaria no dia seguinte. Viajar? Sim, mas isso faz parte da história toda e não quero dizer mais nada por telefone para você, Eduardo.

E lá estava eu, tomando uma cerveja e fumando um cigarro no banquinho do calçadão, quando vi Bruna chegando, depois de atravessar a Vieira Souto na altura da Garcia D'Ávila. Talvez o cabelo estivesse um pouco mais claro. Fora isso, continuava a mesma estagiária gostosa de quando a conheci, o que me confirmou, por fim, que a decisão de comê-la, mesmo colocando meu emprego em risco, havia sido acertada.

Ofereci um gole da minha cerveja, mas Bruna não aceitou. E não quis também um trago do meu cigarro, o que nunca havia negado em todas as vezes em que saímos. Não me abraçou, não me deu um beijo na bochecha, apenas sentou-se ao meu lado no banco, de frente para o mar. Alguns segundos de silêncio antes de falar. Cinco, quinze, trinta, não lembro ao certo.

— Eduardo, eu não sei se deveria estar aqui.

Bom, ela tinha me chamado para aquele encontro e eu aceitei, embora não fizesse nenhuma questão de estar ali. Esperei que ela continuasse.

— Mas, ontem, achei que era o certo a fazer e por isso liguei para você.

— Você está bem?

— Estou. Obrigado por perguntar.

— E aí? Pra onde?

— Oi?

— Você disse que ia viajar. — Fiz um sinal com a mão para que ela esperasse um pouco enquanto eu ia comprar uma outra cerveja. Se a conversa não fosse durar muito tempo, dava para segurar uma futura e inevitável vontade de mijar. Abri a cerveja nova e voltei ao banco onde estávamos sentados.

— Você disse que ia viajar — continuei. O som da lata abrindo atrapalhou a minha voz, mas Bruna ouviu mesmo assim.

— Vou para os Estados Unidos.

— Estados Unidos? Legal. Férias?

— Não.

— Vai estudar?

— Pode ser.

— Mas você não vai viajar amanhã? — Dava goles na cerveja sempre que queria passar para Bruna a vez de falar.

— Hoje. Hoje à noite. Mas não sei direito o que eu vou fazer lá. Pelo menos nos primeiros meses.

— Meses?

— É.

— Então você vai ficar lá por muito tempo?

— Não sei ainda por quanto tempo.

— Você falou em meses.

— Podem ser anos, também. Talvez eu nem volte. Não sei.

— E de onde surgiu essa ideia?

Bruna prendeu atrás da orelha o cabelo que o vento empurrava para a frente de seus olhos, para dentro de sua boca. Ela se sentava sempre com as costas bem retas, ao contrário de mim. Sempre fui meio torto.

— Meu pai.

— Por falar em seu pai, e a agência?

— O que tem a agência?

— Você vai sair de lá?

— Já saí.

— Sério? Há muito tempo?

— Um mês, um mês e meio. Por aí. — Bruna respondia tudo como se estivesse com a cabeça em outro lugar e não na conversa que ela mesma tinha pedido para acontecer. Não parecia desdém. Era uma espécie de falta de foco, como se fosse uma câmera que quisesse fotografar um pássaro, mas só conseguia encontrar nitidez num galho da árvore mais ao fundo.

— Por quê?

— Também tem a ver com o que eu preciso contar para você.

— Então conta.

— Na verdade, a razão da minha viagem, de ser saído da agência e de ter vindo aqui, mesmo sem nenhuma vontade de encontrar você, é a mesma.

Dei dois goles na cerveja até a latinha secar. Não sei exatamente em que momento deixei de ouvir o que Bruna falava e passei a escutar apenas as vozes e os passos de quem caminhava pelo calçadão, como se o meu ouvido tivesse me excluído da minha própria vida, selecionando só o que não era eu, só o que me rodeava sem me tocar. Mas eu sabia o que Bruna estava falando, mesmo sem ouvir. Talvez eu já soubesse no momento em que ela me ligou ou poucos segundos depois de vê-la atravessando as pistas da Vieira Souto ou quando ela se sentou ao meu lado no banco, negou o gole da minha cerveja e o trago do meu cigarro. Talvez eu já soubesse quando ela contou que não trabalhava mais na agência, que viajaria por decisão do pai ou quando transamos no carro em movimento e no motel da Fuckway.

Já era a terceira latinha que eu secava em menos de vinte minutos. E meu estômago estava cheio, o que significava que em pouco tempo a bexiga estaria pedindo para ser esvaziada. Comprei mais uma cerveja e Bruna continuou falando.

— Meu pai não queria que eu contasse para você e quase me convenceu a ir embora para os Estados Unidos sem falar nada. Ele queria que eu criasse o meu filho longe, que a criança nunca soubesse da existência do pai e que você nunca descobrisse. Mas eu não consegui. Antes de viajar, eu precisava contar. Pelo meu filho, pela minha consciência.

Não quero que você se sinta obrigado a nada. Na verdade, se você escolher ser pai do meu filho, eu vou precisar me virar com o meu pai. Ainda nem sei o que eu faria. Não sei se o melhor era que ele não soubesse. Ia dar merda com certeza.

Bebi mais um gole. E outro gole. Acendi um cigarro, jogando fora o maço vazio em seguida.

— Você não vai falar nada, Eduardo?

— Quando você descobriu que estava grávida?

— Há quase dois meses. — Ela passou a mão na barriga pela primeira vez, ou foi a primeira vez que percebi que ela havia passado a mão na barriga.

— E tem quantos meses?

— O quê?

— A criança.

— Três meses. — Ela respondeu, impaciente.

— E você tem certeza de que eu sou o pai?

Bruna travou a boca com tanta força que eu pude ver os músculos do seu maxilar se contraindo, incontroláveis, como se tivessem vida própria.

— Eduardo, por que caralho eu estaria aqui, mesmo correndo o risco de dar uma merda enorme com o meu pai, mesmo não falando com você há meses, mesmo já estando totalmente recuperada da decepção que você foi pra mim, mesmo tendo certeza de que realmente nós dois não tínhamos nada a ver um com o outro, mesmo não precisando do seu dinheiro, do seu carinho e muito menos do seu amor? Eu estou contando que eu estou grávida de você. Não estou pedindo para você ser pai.

— Realmente eu não sei se consigo ser um bom pai.

— Eu imagino.

— Bruna, eu não sei muito o que falar, na verdade. É uma surpresa, não estava preparado para ouvir isso. Como eu faria para criar um filho?

— Essa não é uma resposta que eu posso dar para você.

A quarta cerveja acabou mais rápido do que a terceira. Comprei outra e trouxe também uma água para Bruna.

— Você acha que seria melhor para essa criança que eu fosse o pai dela?

— Não sei, Eduardo. Você é quem tem que saber.

— Mas eu também não sei.

— Olha, Eduardo, vou repetir para você. Está tudo certo. Vou ficar com a minha mãe nos Estados Unidos. Eu não preciso de nada vindo de você. Eu só não queria viajar com a consciência pesada, sem ter dado a você o direito de saber que estou grávida e sem ter dado ao meu filho o direito ou a chance de ter um pai. Eu fiz o meu papel e agora estou tranquila. Mais do que isso eu não posso e não vou fazer.

— Eu entendo.

— Graças a Deus meus pais vão me ajudar até quando for preciso.

Senti a voz de Bruna falhar, seus lábios tremiam também. Ela virou a cabeça para o outro lado.

— Calma. Vai ficar tudo bem.

— Vai ficar tudo bem? Vai ficar tudo bem para você.

— Bruna, você acha que eu não sinto um carinho enorme por você? — Perguntei enquanto passava as mãos nos seus cabelos. Mas ela se afastou e, olhando na minha direção, voltou a falar

— Que porra de conversa é essa, Eduardo? Você tem carinho por mim? Não tem vergonha de me falar isso não?

— Eu...

— Deixa eu falar agora. Como você pode ter coragem de dizer que tem carinho por mim depois de ter sumido de uma hora para a outra? Porra, a gente tinha uma relação, antes mesmo de ficar, se via todo dia no trabalho. Aliás, a gente não saiu uma vez, foram algumas vezes. Eu briguei por você, pelo seu emprego. E depois você fez o que fez. Não conheço essa espécie de carinho. Nunca tratei alguém que eu gosto desse jeito. Então não me venha com esse papo furado. Eu não espero seu carinho, não quero seu carinho. Agora, tudo o que eu quero é objetividade.

— Então, objetivamente, o que você quer saber? — Bebi quatro goles de uma só vez, puxei a fumaça até a brasa encostar no filtro.

— Se você vai assumir esse filho ou não.

— Eu preciso decidir isso agora?

— Oi?

Minha vontade de mijar já tinha se manifestado, mas agora aumentava rapidamente a ponto de desviar minha atenção. Durante alguns milésimos de segundo, eu precisava me concentrar em obstruir a uretra, o que tensionava até o meu esfíncter.

— Eu acho que o melhor para você e para a criança é que eu não interfira em nada, Bruna.

— Ok, você está dizendo isso pensando no seu filho e em mim?

— Em quem mais eu estaria pensando?

— Ah, Eduardo, pelo amor de Deus — ela riu.

— Você acha que eu seria um bom pai?

— Sei lá.

— Eu não acho que seria.

— Então está decidido.

— Mas essa não é uma decisão que eu gostaria de tomar sozinho.

— Essa é uma decisão sua. Só sua, Eduardo.

— Você não tem uma opinião?

— Sobre você?

— Sobre o que eu deveria fazer. — A necessidade de urinar subiu até a minha cabeça, arrepiando os meus cabelos. Frio na nuca.

— Não vou dizer que acho isso ou aquilo. O máximo que eu poderia fazer era vir até aqui falar com você.

— E o que você queria? Que eu pedisse para você ficar aqui e não fosse para os Estados Unidos ficar com a sua própria mãe? Que eu dissesse que já amo meu filho e que faço questão de criá-lo comigo no Rio? Que eu comprasse uma briga com o seu pai?

— Já falei que não quero nada de você, Eduardo. Eu acho que já entendi o que você está pensando. Na verdade, não foi nenhuma surpresa para mim. — Ela mordeu a boca enquanto olhou para bem longe dos meus olhos.

Não consegui segurar mais. Pedi apenas uns segundos à Bruna. Corri para trás de um dos coqueiros que cresciam no início da areia e mijei. Soltei o líquido de dentro de mim como se ele estivesse lá por anos, envelhecendo igual cachaça em barril. No meio da mijada, olhei na direção de Bruna e vi que ela estava indo embora. Se eu corresse, ainda conseguiria alcançá-la antes que atravessasse a rua. A tempo de pedir desculpas, de pedir para que ela ficasse. Eu quero um filho também, quero ajudar, você não precisa passar por isso sozinha, vamos lá falar com o seu pai, vamos morar juntos por um tempo, vai que dá certo.

Mas continuei mijando até o xixi acabar. E ele só terminou quando Bruna já estava do outro lado das duas pistas da Vieira Souto, sumindo pela Garcia D'Ávila.

Comprei mais uma cerveja e segui na direção da minha casa, na Vinícius de Moraes, ainda me sentindo pesado, mesmo com a bexiga vazia. Não era o tipo de peso que esperava carregar porque, no fundo, sempre me preparei para um momento como esse, vindo de que mulher fosse. Era uma possibilidade real, até mesmo óbvia, na vida que eu levava, portanto já tinha pensando muito sobre o assunto e arrumado todo tipo de desculpa até conseguir convencer a mim mesmo e continuar levando minha vida normalmente sem me atormentar de pavor por engravidar alguém.

Ser pai ou não ser pai é uma decisão, não algo imposto. Muitas pessoas podem ver essa minha postura sobre a paternidade como egoísmo, mas a verdade é que antes de pensar em mim mesmo, penso na vida da criança. Nunca me relacionei bem com bebê nenhum. A verdade é que eles me odeiam, me desprezam. Simplesmente não consigo criar uma conexão. Sou desinteressante, estranho, amedrontador aos olhos de qualquer pessoa com menos de cinco anos de idade. Não tenho assunto, não faço rir. É possível, claro, que fosse diferente com um filho meu e talvez a conexão acontecesse com o tempo ou mesmo de uma hora para a outra, click. Mas como ter certeza? E se ela nunca fosse criada? Como aceitar, depois de iniciado o processo, que tudo não passaria de um nome na certidão de nascimento, algo imposto na vida de duas pessoas que não escolheram se conhecer, se gostar? Egoísmo é evitar que essa relação se inicie ou terminá-la logo depois do começo? Qual seria o maior trauma? Qual seria o menor? Eu tenho uma leve tendência a acreditar que é melhor para todos que esse processo não se inicie. Porque não se pode perder o que não se tem.

A sociedade, a Igreja, sei lá quem impõe que o certo é que pais e filhos se relacionem e se amem. Mas forçar a existência de um sentimento é criar um sentimento falso, mesmo que ele se torne real em algum momento. Quanto sofrimento seria evitado se aqueles que têm certeza de que não podem ser pais simplesmente admitissem para si próprios e para a sociedade o que são? E se deixassem seus filhos logo de uma vez com quem estivesse pronto para amá-los? Sempre vi isso como um ato de grandeza. Há algo de covarde em você ser pai apenas por não conseguir carregar uma culpa criada pela sociedade. Se não há uma conexão a ser perdida, a culpa não pode ser do pai.

Forcei um arroto, mas a pressão no meu estômago não aliviava. Virei o resto da cerveja no asfalto, que começou a secar rápido por ainda estar quente, e sentei em um dos bancos de cimento antes de atravessar as duas pistas da Vieira Souto. Mais um arroto. Outro arroto. Uma mãe que passava com seu filho me olhou feio e tampou os ouvidos da criança. Bruna ficaria bem, a criança ficaria bem. Não havia chance de que eu fosse um pai bom ou mesmo razoável. Não havia chance. Todo mundo sabia disso. Meus amigos, minhas ex-namoradas, até minha mãe sabia. E, mais cedo ou mais tarde, Bruna perceberia que essa era a melhor decisão para nós três. Depois de chorar, me xingar, me odiar, depois de me odiar mais um pouco, ela ficaria agradecida.

9

Acordei assustado com Débora me cutucando. Ela falava em sussurro, mas alto. O volume parecia alto sim, talvez porque ela estivesse com a boca bem próxima do meu ouvido.

— Eduardo. Eduardo. Acorda. Tá todo mundo olhando para você aqui na agência. Até o Maurício já viu.

— Oi? O que houve? — Levantei o rosto da mesa, o cabelo levemente despenteado, o cérebro ainda calculando o que acontecia ali, tentando descobrir onde estava, quem falava comigo daquele jeito. — Oi, Débora.

— Porra, Eduardo. Você tem que se controlar. Dormir na mesa do trabalho de novo, com o Maurício aqui, não dá. Você está louco?

— Eu dormi?

— Você roncou.

— O Maurício viu? — olhei na direção da mesa dele. Maurício falava ao celular, de costas para a minha mesa.

— Todo mundo viu.

Minha mãe tinha mudado sua rotina por decisão própria, ou por decisão de ninguém, algo inconsciente como tudo na sua vida desde que ficou ruim da cabeça. Agora, ela atravessava os dias dormindo e ficava acordada a noite toda, mesmo entupida de cada vez mais gotas de Rivotril. O que facilitava o trabalho de Teresa, que podia ver televisão, ouvir rádio ou mesmo ficar falando ao telefone durante todo o seu turno. Não podia chamar de insônia o que minha mãe tinha. Insônia é a incapacidade de dormir mesmo quando se está cansado e com sono. Ela simplesmente não tinha sono nem estava cansada à noite porque passava o dia dormindo. Houve uma troca de turno apenas, como se o seu organismo tivesse entendido que o sol e a claridade fossem a ordem para que o seu sistema desligasse. Minha mãe tinha se transformado num morcego. Tinha energia na madrugada e não parava quieta esperando um sono que ela sabia que não chegaria nunca. Ela andava pela casa, abria a geladeira para beber água ou comer qualquer coisa que tivesse restado nas prateleiras, ia até a sala e ficava olhando a rua, abrindo e fechando as janelas. Toda noite, ligava a televisão num volume altíssimo, passando os canais para frente e para trás sem nunca parar em algum programa específico. As frases dos jornalistas de um canal se misturavam com as de um apresentador de talk show de outro, com filmes dublados, séries em inglês ou em francês, filmes B de sexo, criando um jogral sem sentido, interminável e enlouquecedor. Eu acordava sempre nesse momento e tinha que correr para a sala e desligar a TV antes que o interfone tocasse e a vizinha de baixo começasse a me xingar, reclamando do barulho, dizendo que a vida dela havia se transformado num inferno, que ela tinha direito de dormir, que precisava dormir, que já tinha idade. A mim, restava conter a vontade de xingá-la, de dizer que ela não tinha ideia do que era ter uma vida infernal, que eu queria que ela se fodesse e que, se interfonasse mais uma vez sequer, eu mandaria minha mãe para a casa dela. Mas, ok, a senhora tem razão, me desculpe, já desliguei a TV, não vai voltar a acontecer.

Passei a trancar minha mãe no quarto, o que também não adiantou muito, porque ela continuava a andar, de um lado a outro, e girava a maçaneta da porta durante a noite toda. Era como se, numa questão de segundos, ela se esquecesse que já tinha tentado abrir a porta. Ia na direção da janela, voltava e puxava a maçaneta para baixo. De novo até a janela, de novo até a porta. A mola da maçaneta gritava, fazia eco na madrugada. Minha mãe só parava quando eu saía da cama e abira a porta do seu quarto para que ela pudesse passear pela casa. Ela era uma mistura de morcego com filhote de cachorro.

Três noites depois, desisti de mantê-la trancada no quarto. Tirei as pilhas do controle remoto da TV da sala para evitar que minha mãe ligasse o aparelho sozinha. Mas ela batia com o controle no aparador, acreditando que assim ele pudesse voltar a funcionar. Batia, batia e batia até que eu me levantasse e fosse até ela. Na sala, eu recolocava as pilhas e ligava a televisão, mantendo o controle do volume, pelo menos. Eu tentava dormir no sofá, a seu lado, enquanto ela via ou achava que via um programa. Mas se eu não mudasse o canal, se eu caísse no sono, ela se entediava e quando eu abria os olhos de novo, ela já estava em outro lugar da casa, na cozinha, no meu quarto, fazendo outra coisa sem sentido mas barulhenta, como abrir e fechar as portas do meu armário, as gavetas, as janelas. E eu corria para que ela parasse. Não queria mais ouvir janelas ou portas batendo. Não queria escutar a vizinha reclamando no interfone.

Dormir me dava mais trabalho do que permanecer acordado e eu também fui trocando a noite pelo dia. Na verdade, no meu caso não era muito bem uma troca, já que eu não podia dormir durante o dia. Passar uma noite em branco é aguentável. Em propaganda, aliás, acostuma-se a isso, já que frequentemente precisamos varar a madrugada trabalhando para entregar campanhas que poderiam ter ficado prontas dois dias antes se houvesse um mínimo de ordem e disciplina nas agências. Mas a partir da segunda noite seguida sem dormir, o sono toma o controle e você dorme sem perceber, sem querer, não importa o lugar em que esteja. Pode ser no carro, no ônibus, no metrô, em um restaurante. Eu passei a dormir no trabalho. Quando dava tempo, me escondia numa das cabines do banheiro, sentava na privada com os pés apoiados na porta e cochilava por trinta minutos até o despertador do relógio tocar. Mas às vezes o sono batia de forma tão mortal e rápida que eu não percebia que estava fechando os olhos. Acordava com o rosto deitado sobre o teclado do computador, as marcas vermelhas das teclas nas bochechas denunciando que tinha ficado naquela posição por um tempo considerável.

Portanto, quando Débora me acordou, aquela não havia sido a primeira vez que todo mundo da agência tinha visto o famoso redator, antigo gênio, atual excêntrico, babando na própria mesa. Mas era tão incontrolável que eu não podia fazer nada. Mesmo quando conseguia continuar acordado, eu permanecia num estado de quase semiconsciência, escrevendo errado, com as letras trocadas, frases sem nexo. Mesmo as mais simples. E a revisora da agência virou a pessoa mais importante para mim ali dentro. Porque, em peças de varejo cheias de preço e explicações de promoções diversas, qualquer errinho pode dar uma merda gigantesca para o cliente e, também, para a agência. Se um produto sai por um preço menor do que deveria num anúncio de jornal, por exemplo, o supermercado é obrigado a vender o produto por aquele preço. E quando falamos de um supermercado com centenas de lojas trabalhando com margens mínimas de lucro, centavos se multiplicam e viram uma fortuna. Uma merda desse tamanho precisa de um cu para chamar de seu. E o cu que sobraria era o meu.

Débora me trouxe um copo grande de café e puxou minha mão para que fôssemos até o fumódromo. Assim, eu também tomava um pouco de ar e quem sabe conseguia ficar acordado por mais tempo.

— Eduardo, você tem que parar com isso — ela falou enquanto acendia um cigarro para ela e outro para mim.

— Eu não estou conseguindo.

— Mas você precisa dar um jeito. Porra, todo mundo lá dentro deve estar comentando que você dormiu de novo na mesa.

— Você acha que, se conseguisse, eu não preferia dormir direito em casa e não em cima do teclado do computador? — Cocei os olhos que pareciam estar cheios de areia.

— Pega mal até para o Maurício. Todo mundo ali sabe que ele vê você dormindo na mesa quase todo dia e não faz nada. — Débora estava fumando mais rápido do que o normal, as tragadas eram mais longas e denunciavam um nervosismo que ela não costumava demonstrar nem mesmo nos momentos de maior tensão no trabalho.

— Débora, mas o que eu posso fazer?

— Sei lá. Troca o turno da enfermeira.

— E eu faço o que durante o dia? Deixo a minha mãe lá trancada sozinha?

— Ela não passa o dia dormindo?

— Como posso ter certeza disso? — O café já estava mais para frio do que para quente.

— Você não pode contratar uma outra enfermeira para a noite?

— Impossível. Sem chance de pagar mais uma enfermeira. Você sabe disso, Débora.

— Então o que você está pensando?

— Sobre o quê?

— Você precisa achar uma solução.

Nós dois tragamos nossos cigarros até o fim. Pisei nas duas gimbas até que a última fumaça subisse e a brasa virasse cinza. Virei o resto do café, já frio, no vaso de uma planta que ficava no meio da calçada.

— Vai embora para casa descansar.

— Que espécie de solução é essa? Sumir da agência assim, no começo da tarde?

— De que adianta ficar aqui e dormir na mesa?

— Eu vou me controlar, Débora. E mesmo que eu fosse para casa, não sei se conseguiria dormir. Nessa claridade, com a Teresa fazendo as coisas dela.

— Na agência também tem claridade, pessoas fazendo suas coisas e você dorme tranquilamente.

— Mas é diferente.

— Sim, é mais difícil dormir numa agência do que na sua própria cama.

— Não. É muito mais fácil dormir quando você não quer dormir. Se você tenta ficar acordado, o sono é incontrolável.

— Você está ficando louco, Eduardo.

— Vamos voltar lá — eu disse enquanto seguia na direção do elevador. — Já estou melhor.

— Tem certeza que você não prefere ir para casa descansar?

— Tenho.

— Eu posso ajudar aqui. Só me explica o que você estava fazendo que eu termino, dou um jeito.

— Débora, obrigado. Mas eu estou bem. Fica tranquila.

Subimos. No caminho do elevador até a minha mesa, ninguém olhou diretamente para mim. Mas dava para perceber a força que todos faziam para fingir que estavam concentrados em seus próprios trabalhos, em suas próprias telas de computador. Deviam estar falando entre si por e-mail ou por qualquer outro tipo de mensagem, será que agora ele é demitido, será que vai dormir de novo, porra, como ele consegue continuar aqui, a gente se mata de trabalhar e o filho da puta dorme na cara de todo mundo.

Mesmo que sentissem pena da minha situação, mesmo que entendessem o momento pelo qual eu passava, mesmo que quase todos eles ainda tivessem mãe ou pai, há algo no ser humano que quer ver o circo pegar fogo, que libera uma raiva irracional sobre o outro, como se essa raiva ajudasse na preservação própria, como se jogar alguém no abismo fosse a única forma de se manter salvo, protegido do precipício por uma grade.

Maurício continuava em sua mesa, agora digitando alguma coisa no computador. Seria minha demissão? Ou só um e-mail de putaria para alguma mulher que ele estava comendo fora de seu casamento perfeito? Ou era alguma coisa de trabalho, uma conversa normal com um cliente? Ele levantou os olhos, mas voltou a olhar para seu laptop quando percebeu que eu estava de novo na agência. O silêncio ali não era normal. Agências de propaganda são um lugar silencioso apenas às nove da manhã, mas porque ninguém chega para trabalhar antes das nove e meia, dez. Depois disso, é o barulho. Telefone, teclado, risos, berros, impressoras, gente circulando entre as mesas, indo ao banheiro, ao fumódromo, pegando café mesmo sem vontade de tomar café.

— Porra, que silêncio estranho — Débora comentou.

— Lógico. Esses filhos da puta estavam falando de mim, e agora que eu voltei o assunto morreu.

— Não acho que seja isso. Olha ali — Débora apontou na direção de uma menina que era responsável pelo atendimento da conta do supermercado. Ela chorava e era consolada por um sujeito que eu nem lembrava quem era. Aos poucos, outras pessoas iam até ela e também a abraçavam. Débora se uniu à rodinha e, poucos minutos depois, foi até a minha mesa.

— Fodeu.

— O quê?

— Fodeu.

— O que aconteceu? — As mãos dela tremiam.

— A conta do supermercado.

— Caralho.

— A gente perdeu a conta do supermercado.

Outras rodinhas de gente se formaram. Cada uma delas mantinha uma conversa baixa que se juntava à conversa da roda ao lado, criando um ambiente de som sujo, como se houvesse um chiado de um disco de vinil no ar. Era impossível escutar frases, palavras. Mas era certo que todos comentavam a mesma coisa. O medo das demissões em massa já era real e inevitável. Muita gente? Mais ou menos? Será que eu vou me foder? E eu? Porra, não posso ficar sem esse emprego. Calma, você não vai ser demitido. Será? Caralho. Filhos da puta. Por que foram tirar a conta daqui? Bom, agora fodeu, não vai sobrar ninguém. Eu acho que a agência vai fechar. Não, muita gente vai sair, mas não acho que feche. É a maior conta, de longe. Mas por que manter a agência funcionando? Só para essas outras continhas? Mas será que o Maurício não espera para ver se consegue ganhar outra conta? Não tem nenhuma concorrência rolando? Porra, eu sustento minha família toda, será que ele vai levar isso em consideração? Tem muita gente aqui que não faz nada e tem salário alto. Será que a conta já sai hoje ou ainda tem um tempo para concluir as coisas, passar os jobs para a outra agência? Vou fazer meu currículo hoje e já disparo por e-mail. Pra onde? Nesse mercado de merda não tem muito pra onde correr. Mas o que você quer que eu faça? Fique aqui esperando ser mandado embora? Prefiro procurar emprego enquanto ainda estou empregado. Mas você nem trabalha para essa conta. Essa conta paga o salário de todo mundo aqui, cara. É a única conta rentável dessa merda. O resto só existe para fazer número. Tudo dá prejuízo. Não, não é possível. Estou falando para você. O supermercado sustenta essa agência há anos. Porra, então fodeu, vai rodar todo mundo. Eu acho que a agência fecha as portas. Não tem jeito. Ou então ele vai manter uma estrutura pequena só para os clientes que restam até conseguir uma conta grande de novo. Não, eu acho que ele não vai arriscar tanto. Porra, mas se fecha, será que o Maurício paga todo mundo direitinho? Caralho, será? Esses caras são foda. O patrimônio nunca está no nome deles. Quando dá merda, ninguém consegue tirar nada deles na justiça. Eles enrolam a dívida para sempre, não compram nada nunca mais e quem foi demitido que se foda. Sério? Porra, mas não acho que ele seja assim. Ninguém é assim até o dia em que acorda com a faca no pescoço. Olha a quantidade de gente que tem aqui. Se a agência estivesse com dinheiro, já ia ser difícil pagar a rescisão de tanto funcionário. Imagina agora que vai tudo para o ralo. Mas a agência deve ter uma reserva pensando nisso. Reserva? Que reserva? Eu aposto que vai todo mundo embora para casa sem nada. Eu mato o Maurício se ele fizer isso. Não é possível. É totalmente possível. Você nunca ouviu falar de história parecida? Já, já ouvi. Então. História parecida é assim: uma hora acontece com você também. Mas o Maurício ia se queimar com o mercado todo, com todos os clientes. Ele pode se queimar. Só quem ainda precisa de salário se preocupa com isso. E o Maurício não precisa mais. Será? Ah, já ganhou dinheiro para caralho. Mas agora vai se foder pagando todo mundo que for demitido. Ninguém vai achar esse dinheiro dele. Ele não tem imóvel para caralho? E a casa de Petrópolis? Duvido muito que esteja no nome dele. E os carros? Ele tem três ou quatro apartamentos aqui no Rio. Tudo no nome dos filhos. Tem certeza? Acho muito difícil que não esteja. Só pode estar. Ou ele seria muito burro. O cara é dono de uma agência de propaganda, sozinho, não tem chance de ter os bens no nome dele. Esses caras têm filho só para deixar imóvel no nome dos herdeiros. Eu conheço, sei do que estou falando. Será? Caralho, estamos fodidos então. Vou lá falar com o Maurício. Está maluco, vai nada. A gente merece alguma explicação. Ele já deve estar pensando o que vai fazer, quem demite, quem mantém, se a agência continua aberta ou não, se vai avisar os outros clientes. E a gente espera? Não há outra coisa a fazer. Foda esperar. É o que a gente pode fazer agora. A situação não vai durar muito tempo desse jeito porque ele tem que ser rápido, se os caras do supermercado já tiraram a conta mesmo, para de entrar dinheiro e, a partir daí, cada minuto é prejuízo. Ou ele tem uma carta na manga, uma conta para entrar agora, ou ele tem que demitir as pessoas logo.

Em toda agência esse momento é igual. Mudam os nomes, as contas, mas no fundo as pessoas conversam sobre a mesma coisa, do mesmo jeito. Os medos e as possibilidades são comuns. E por mais que você tenha certeza de que vai ser empurrado da prancha, a hora da demissão guarda sempre uma surpresa, a morte de uma esperança moribunda. O último galho em que você se agarrava se quebra e, a partir daí, há só o ar. A sala aumenta, a agência fica grande demais, você sente a nuca gelar como se alguém estivesse soprando.

Não houve mais clima para se trabalhar. Todos ali só aguardavam dar meio-dia e meia, um horário digno para sair para o almoço. E no restaurante seria possível conversar abertamente ainda mais sobre a situação. Apesar de eu não ter conseguido dormir nos últimos dias, segui para o restaurante com o pessoal do trabalho, andando ao lado de Débora para não correr o risco de ficar sentado longe dela na mesa.

O restaurante parecia mais um boteco, daqueles em que uma pessoa nas condições mentais normais pediria um chope junto da comida. E o garçom traria, como sempre, um líquido amarelo claro quase sem colarinho, com pouco gás em tulipas baratas, transbordando pela mesa até pingar no seu colo e manchar a sua calça como se você tivesse ido ao banheiro mijar e recolhido o pau milésimos de segundo antes do tempo certo.

Eu preferi pedir um uísque. A única opção era aquele Ballantine's 8 anos que vem numa garrafa igual à do Biotônico Fontoura e é oferecido em bares ou restaurantes que se recusam a servir um Teacher's ou um Drury's. Como se o Ballantine's fosse capaz de tornar qualquer lugar mais digno. Bastante gelo, sempre bastante gelo para diluir previamente a dor de cabeça do dia seguinte. O garçom trouxe o dosador que, na verdade, era apenas decorativo e foi ignorado pelo líquido que encheu o copo, procurando o caminho entre as pedras.

As pessoas da agência continuavam a conversar, cada vez mais exaltadas, sobre a conta do supermercado. O álcool inibia o medo da demissão, pelo menos na superfície, e o volume aumentava. Eu, na verdade, estava cagando para o que todos ali sentiam. Débora me traduzia o que nossos amigos, que eu nem conhecia direito, conversavam do outro lado da mesa, como se eles não falassem português.

Comi só os pães do couvert porque o uísque já me deixava cheio demais, e eu preferia beber a comer para aguentar a tarde no trabalho. Acho que todos que estavam ali também tomavam chope, até mesmo Débora. E também comeram carne, batata, farofa, aquele tipo de comida que, junto do chope, faz com que você se sinta estufado, com um arroto preso no meio da garganta pelo resto do dia.

Voltamos à agência. Eu guardava uma garrafa de Red Label no armário que ficava sob minha mesa. Não era o tipo de uísque para ser bebido sem gelo, cowboy, mas era o que eu tinha. Sem nada do glamour que muita gente acredita que envolve o meio publicitário, eu usava os copinhos de plástico, daqueles que ficam nos bebedouros das empresas, para tomar minhas doses. A vantagem é que esses copos são de um branco meio leitoso, o que dificulta a identificação do líquido que fica lá dentro. E aquele dia eu precisava manter o nível alcoólico do almoço durante o dia inteiro para não cair. Se parasse, a bebida bateria com mais força, o sono me venceria com mais facilidade ainda e Maurício me veria dormindo na mesa outra vez. Eu não sou daquelas pessoas que dormem quando bebem muito. Fico enjoado, a ponto de não conseguir fechar os olhos sem que o mundo rode, o que acaba me mantendo acordado por mais tempo, mesmo que isso signifique um risco maior de vomitar.

Naquela situação, naquele dia específico, eu preferia o vômito ao sono. Quase sempre soube vomitar educadamente, na privada, sem sujar nada. Nunca fui de vomitar de surpresa no meio da sala, na frente dos outros, os olhos arregalados, as mãos tentando segurar o vômito que se espalha por entre os dedos. É claro que há vezes em que as coisas saem do controle, principalmente se você está em um lugar público, sem banheiro à vista. Mas, num ambiente controlado, não costumo dar vexame.

Ninguém mais conseguiu trabalhar à tarde. Alguns já vivendo a ressaca dos chopes bebidos em grandes quantidades no almoço. A maioria conversando por e-mail, fofocando, as listas de possíveis demissões já eram elaboradas com cálculos que se baseavam na justiça, nos salários imaginados, nos laços de amizade, no Deus de cada um. Nessa hora, o povo todo acredita num Deus justo.

Eu deveria estar em todas essas listas. Não era amigo de quase ninguém, tinha o maior salário, trabalhava menos, faltava mais. Talvez fosse o mais conhecido do mercado, o que nessa hora não importa muito e muitas vezes tem até um efeito negativo, não sei se uma inveja tardia e contida, se um sentimento de que eu já tive mais chances de fazer a minha história, ou se apenas por acreditarem que eu já havia ganhado muito mais dinheiro, quase o suficiente para não ter que trabalhar nunca mais.

Débora era mais próxima de mim, mas era amiga de muitos outros ali na agência. Era bem provável que eu também estivesse na sua lista imaginária. Provável e até mesmo normal, embora ela tentasse me acalmar.

— Eduardo, para de beber. Para com isso.

— É melhor eu continuar do que parar. Vai por mim — disse enquanto virava mais uma dose no copo de plástico e depois fechava a garrafa, enroscando a tampa.

— É claro que não é melhor. — Ela puxou a cadeira de rodinha e se sentou ao meu lado. — Daqui a pouco você vai cair aí.

— Se eu parar de beber, eu caio.

— Então por que você não vai embora logo?

— Eu vou.

Esperei dar umas seis e meia, até quando durou a garrafa de Red Label. Enchi o último copo, que levei junto comigo no caminho para casa.

Minha mãe tinha acabado de acordar. Teresa estava penteando seu cabelo no sofá da sala, as duas em frente à televisão, assistindo a alguma novela. Aparentemente, o cheiro de mijo não incomodava a enfermeira, que puxou conversa com a minha mãe.

— Viu quem chegou?

As duas me olharam. O aparelho de ouvido apitou baixo, fino. Minha mãe respondeu calmamente:

— Vi sim. Oi, Carlos.

Peguei uma garrafa de uísque na cozinha e enchi o copo, agora com bastante gelo. Tirei a camisa que estava usando, e, antes de amarrá-la em volta do meu rosto igual a uma máscara de marginal, encharquei-a de uísque também.

Na sala, sentei torto no sofá, ao lado da minha mãe. O cheiro do Red Label inibindo o xixi. Estiquei as pernas sobre a mesa de centro e dormi sem perceber. Nem vi Teresa sair.

10

A véspera do casamento de Júlia nós dois passamos num motel. Ela dizia que era a última vez que a gente transava, que era a nossa despedida, mas eu nunca acreditei muito nisso. Ela me contou que casaria como se estivesse se vingando de mim. Queria me atingir de alguma forma.

Embora nós nos conhecêssemos havia muito tempo, nunca namoramos oficialmente. Houve épocas em que saíamos com mais frequência, outras com menos. Mas era difícil passarmos mais de um mês sem transar. E ela sempre, ou quase sempre, encarava essas épocas de convívio mais intenso como um compromisso sério, a ponto de se sentir traída toda vez que descobria que eu estava comendo outras mulheres também. Nesses momentos, ela se afastava, me xingando até o dia em que a saudade a acalmava. E então voltávamos a nos falar normalmente, nos encontrávamos para conversar e a conversa evoluía para uma foda.

Ela me contou que iria casar pouco depois de descobrir que eu estava comendo uma menina do trabalho que nem me lembro o nome. Aliás, não sei se era estagiária, gerente, diretora, loira, morena, ruiva, gostosa, gordinha, branquinha leite, morena, burra, inteligente, mediana, malhada, flácida. O fato é que tive vontade de comer, fui lá e pimba. Não durou muito tempo, não houve nenhum sentimento envolvido, pelo menos do meu lado. Júlia deu muito mais importância para esse caso do que eu ou mesmo a outra menina tinha dado.

Nem me dei ao trabalho de tentar descobrir como Júlia ficou sabendo dessa história. Ela já chegou me atacando, sem perguntar se era verdade ou não, e eu também não neguei, até porque foda-se, nós dois não éramos casados nem sequer namorávamos.

— Você é um escroto de merda.

Ok. Se comer alguém quando não se está vivendo um relacionamento com outra pessoa faz de mim um escroto, definição aceita. Esse negócio de comer gente é igual trânsito: o seu caráter é julgado em questão de segundos. Mudou de faixa e me fechou? Na mesma hora você é um filho da puta, mesmo que ajude criancinhas com câncer e doe tudo o que você ganha para velhinhas de um asilo. Comeu uma outra mulher na mesma época em que saía comigo? Você é um filho da puta, mesmo que ajude criancinhas e doe tudo o que você ganha para velhinhas de um asilo.

Portanto, eu era o filho da puta da história, não importava que argumento eu usasse. Não adiantava falar, me defender, então eu ficava quieto, aceitando o rótulo de escroto até que ele vencesse e fosse retirado da minha testa pelo tempo.

Mas dessa vez, Júlia tentou outro ataque. Contar que ia casar era, na verdade, sua nova forma de dizer que eu era um babaca. Não era uma notícia, era um xingamento claro. Ela se casaria com um outro advogado que havia conhecido no escritório em que os dois trabalhavam. Um puta cara legal, com futuro numa profissão em que o futuro existe.

— Fico feliz por você.

— Que bom. Então é isso.

Seguiu-se um bom período de seca, em que Júlia não queria dar para mim de jeito nenhum. Até a véspera do casamento, quando fomos para o motel a pedido dela.

— Júlia, se esse cara é tão legal assim, por que você está aqui comigo hoje?

— Porque eu quero.

— Só por isso?

— Só? — ela disse, passando o cabelo para trás das orelhas, antes de se sentar na beirada da cama e tirar os sapatos.

— Só porque você quer?

— Acho o suficiente.

— Acho estranho. — Eu estava de pé, ao lado de uma mesinha, onde o serviço de quarto tinha colocado um balde com gelo e uma garrafa de uísque.

— Por que é estranho?

— Você sempre ficava puta comigo quando descobria que eu estava saindo com alguém.

— E você está puto comigo?

— Não é isso que eu quis dizer. — Bebi um pouco de uísque, ainda quente porque não tinha dado tempo do gelo derreter.

— Então o que é? — Ela tirou as meias e a calça jeans. — O que você quer dizer?

— O que fazia de mim um filho da puta não faz de você uma filha da puta?

— Depende.

— Depende do quê? — Sentei na cadeira ao lado da mesinha e tirei os tênis e as meias.

— Do que você sente por mim.

— Se eu não sinto nada por você então tudo bem?

— Na minha opinião, sim. — Ela tirou a camiseta também e ficou em pé só de calcinha e sutiã.

— Então você está sendo uma escrota com o cara que você vai casar, mas comigo não.

— Se você quiser ver por esse lado.

— Isso também quer dizer que você sentia algo por mim.

— Eduardo, deixa de se fazer de idiota. Não preciso responder isso.

— E o que faz você pensar que eu não sinto nada? — Tirei as calças e a camiseta e fiquei só de cueca, sentado com o copo na mão.

— Por quem?

— Por você.

— Você teve muitas chances, durante muito tempo, para demonstrar minimamente isso. — Ela riu, embora não parecesse ter vontade de rir.

— E você acha que eu não demonstrei?

— Deixa de palhaçada. Por favor.

— Porra, a gente sai juntos há anos. Você acha que eu sairia com você há tanto tempo se não gostasse de você?

— Eduardo, eu não chamei você aqui para pedir nada, para exigir nada. — Ela virou de costas, dobrou o braço para trás até alcançar o fecho do sutiã. Os ossos das costas pontudos por baixo da pele. Ela deixou o sutiã na mesinha de cabeceira e virou de novo para mim.

— Tudo bem. Eu sei. — Tirei a cueca e fiquei em pé, de frente para Júlia.

— Hoje, eu só quero que você me coma.

Ela agarrou o meu pau e me puxou para a cama, já com as pernas abertas, fechando os pés nas minhas costas.

Quando terminamos de foder, bebi o resto de uísque aguado que sobrou no copo com gelo derretido. Virei o que restava na pia do banheiro e preparei uma outra dose com gelos novos. Júlia continuou na cama e deu um gole na minha bebida.

— Você vai se casar mesmo?

— Eduardo, você acha que eu ia inventar uma coisa dessas só para trazer você para cá?

— Sei lá. É que eu fiquei pensando que essa história não combina muito com você.

— Por que não? — Ela sentou de pernas cruzadas na cama, o lençol protegendo as pernas. — Talvez você não me conheça direito.

— Não acho que você faria isso com o cara que ama e com quem vai se casar amanhã.

— Tem razão.

— Oi?

— Tem razão — ela repetiu enquanto roubava o copo de uísque da minha mão.

— Então você não vai se casar?

— Vou. Mas isso não quer dizer que eu ame o meu marido.

Peguei o copo de volta e me sentei na beirada da cama, de costas para Júlia.

— Eu amo você, Eduardo.

Na verdade, acho que eu sempre imaginei isso. Mas imaginar, ou mesmo saber, é muito diferente de ouvir essa frase de outra pessoa que está a seu lado num mesmo ambiente. Principalmente se essa outra pessoa estiver pelada, logo depois de dar para você, e a um dia de se casar com outro homem.

A minha maior surpresa foi descobrir que Júlia iria se casar por outra razão que não o fato de amar alguém. Segurança, companheirismo, medo de ficar sozinha. Não sei como chamar. Mas Júlia não se encaixava nesses tipos de pensamentos medrosos. Pelo menos não para mim. Talvez a idade faça isso com as pessoas e a velhice torne fracas até as mais corajosas. Júlia nunca precisaria depender de ninguém financeiramente, sempre fora uma mulher interessante, diria até que muito bonita também. O tipo de pessoa que você imagina que só vai casar com alguém por amor mesmo. Casar por casar, por poder chegar em casa à noite e ter alguém para dividir o café da manhã no domingo, não se ver obrigada a sair num sábado à noite e não se sentir a pessoa mais solitária do mundo caso se decida por ficar em casa vendo um filme, ter a quem recorrer quando os pais ficarem doentes ou quando esquecer de tirar o dinheiro da diarista, isso tudo não era a Júlia.

— Você não pode fazer isso, Júlia. — Me levantei com o copo na mão.

— Fazer o quê? Casar?

— Casar desse jeito.

— Que jeito, Eduardo?

— Sem gostar desse cara.

— Quem disse que eu não gosto dele? — Ela abraçou um dos travesseiros da cama na frente do peito.

— Você.

— Eu não disse que não gostava dele. Eu disse que amava você.

— Não dá no mesmo?

— Não. Não dá no mesmo.

— Não estou entendendo. — Eu precisava de mais uísque para afrouxar o nó que havia dentro da minha cabeça. O que eu estava fazendo? Tentando convencer Júlia a não se casar mais? Caralho, se ela desistisse do casamento depois dessa nossa conversa, eu estava fodido.

— Amar você não significa que eu não goste dele. Não são sentimentos excludentes.

— Eu estou ouvindo mesmo isso de você?

— Não adianta ser irônico, Eduardo. Eu acho sim que esse casamento é uma oportunidade para que eu tenha uma vida feliz. Talvez o meu amor por ele venha com o tempo, pelo que ele provavelmente fará por mim nos dias em que vamos passar juntos.

— Eu não estou sendo irônico. Só acho que casamentos que começam assim não costumam dar certo.

— E os casamentos que começam com duas pessoas se amando costumam dar certo?

— Não. — Enchi também um copo para Júlia e voltei a sentar a seu lado na cama. Eu precisava fumar desesperadamente, mas era certo que, se eu acendesse um cigarro ali, algum alarme tocaria, e aqueles splinters de teto começariam a cuspir água pelo quarto todo.

— Eduardo, eu não pretendo amar você para sempre, por muito tempo, por mais um mês que seja. — Ela começou a enrolar o cabelo com a ponta dos dedos, como se estivesse falando com ele e não comigo. — Ok, acho legal transar com você, sempre achei, e a gente faz sexo há tanto tempo que nenhum de nós dois precisa ter pudor com nada, se eu quiser que você me coma de um jeito eu vou pedir, se quiser que seja de outro eu vou pedir, se você quiser isso ou aquilo, vai pedir também.

Júlia fez uma pequena pausa, me deixando em dúvida se eu deveria dizer alguma coisa, concordar com sua descrição sobre o sexo que nós dois fazíamos ou se aquilo era apenas uma pausa para pensar antes de prosseguir na sua argumentação. Mas ela parou de enrolar o cabelo e, olhando novamente na minha direção, voltou a falar:

— E eu acho essa intimidade no sexo uma puta vantagem. Além disso, você é um cara inteligente e a gente tem o que conversar. Gostamos dos mesmos uísques, dos mesmos cigarros. E, mal ou bem, temos a nossa história, desde que estagiamos juntos. Enfim, não acho que posso me dar ao luxo de esquecer tantos momentos bons que vivemos. Mas eu já sei exatamente o que esperar de um relacionamento com você. Se é que posso chamar de relacionamento o que tivemos nesses anos todos. Por tudo isso, não acho que seja um risco tentar ser feliz no casamento com um cara que me faz bem, que gosta de mim, com quem eu poderei contar, que não vai sumir um dia, do nada, e reaparecer meses depois, que quer construir uma história da qual eu faça parte, que eu esteja a seu lado sem que eu precise ficar me perguntando todos os dias se é realmente aquilo que ele quer. Eu não devia amar você, Eduardo. Devia amar ele. E é isso que eu vou fazer.

— Espero que você não se arrependa.

— Isso é uma ameaça?

— Claro que não. Juro que é o que eu gostaria que acontecesse.

Bebemos juntos nosso uísque. O tempo do quarto do motel estava terminando e gastaríamos aqueles minutos ali secando os últimos dedos da garrafa. Talvez porque, no fundo, soubéssemos que aquela não seria nossa última trepada. Porque esse tipo de relacionamento que tínhamos não era da espécie que se termina assim, com uma cerimônia de encerramento. Se há um aviso é porque ainda existe a vontade de se reencontrar, de foder de novo. É quase um pedido de ajuda, para eu me manter afastado, sem provocar, sem ligar. Mas um dia a vontade vence. Um dia acontece uma briga inocente ou se cria um desentendimento apenas o suficiente para pegar o telefone e me ligar. A consciência, nesses casos, sempre se atrasa um pouco. Aparece tarde demais ou só é consultada quando já não é possível desempenhar sua função.

Nós dois já havíamos passado diversas vezes por um momento parecido. Não, claro, com um casamento no meio da história. Mas havia um afastamento durante um tempo, combinávamos de não nos ver mais, eu ficava sem ligar, até que meu telefone tocava, às vezes meses depois, às vezes semanas mais tarde.

Não perguntei o nome do sujeito com quem Júlia se casaria no dia seguinte. Nem quis saber do lugar, se haveria alguma espécie de cerimônia ou não, se eram muitos convidados ou poucos.

— Eduardo, você não vai, né?

— Não vou aonde?

— No meu casamento.

— Claro que não. Nunca pensei que seria convidado.

— Se fosse convidado, você iria?

— Não. Não iria, Júlia. Mas por quê? Você estava pensando em me chamar?

— Não. Não posso fazer isso.

— Eu sei.

— Espero que você entenda.

— Lógico que entendo.

O telefone do quarto tocou. Era da recepção e o nosso tempo havia acabado.

11

Na época em que eu mais comia mulher, no auge das premiações que recebi pela campanha dos chocolates Maxime, desenvolvi uma vontade de ir a puteiros que eu nunca havia tido antes. Nem mesmo no final da adolescência, quando os hormônios é que mandavam e quando conseguir levar uma menina para cama era difícil, eu recorria às putas. Foi só depois. Bem depois.

Eu saía sozinho das festas de propaganda onde estagiárias, diretoras de arte, redatoras, RTVs, diretoras de atendimento, diretoras de cena, enfim, todo tipo de publicitária me dava mole, e seguia direto para a Cicciolina, em Copacabana. O lugar era uma espécie de bar, ou boate, onde eu bebia uísque acompanhado de alguns potes de amendoim que eram servidos de graça, e assistia a shows de mulheres dançando nuas num palco estilo queijo com uma barra no meio, enquanto outras mulheres, um pouco mais vestidas, circulavam entre as mesas.

A Cicciolina nunca estava vazia a ponto de ser muito depressiva, mas tampouco ficava cheia demais. A quantidade de pessoas sempre era perfeita para mim, principalmente quando eu saía de lugares abarrotados de publicitários que vinham falar comigo, cheios de intimidade e como se fossem meus melhores amigos. Eles me davam parabéns quando, na verdade, pensavam que eu não era tão bom assim, que não merecia aquela quantidade de prêmios. Tudo o que queriam era me foder e ficar com o meu lugar. Na Cicciolina, eu não conhecia ninguém, não havia uma pessoa sequer que soubesse o que eu fazia e as únicas que vinham falar comigo eram as putas. Com uma diferença importante: eu é que gostaria de fodê-las.

Elas me perguntavam a minha profissão e eu dizia que era um publicitário famoso, que tinha criado campanhas como a dos bichinhos da Parmalat, da cerveja Skol ou qualquer outra coisa muito melhor e ainda mais famosa do que o meu comercial de chocolate. Eu podia ser quem quisesse, muito mais de que eu era de fato, mentir livremente e projetar uma carreira impossível de ser alcançada. E ninguém desconfiava de mim. Bastava pagar, o que sempre foi bem mais fácil do que trabalhar, e também muito mais prazeroso.

A cada fato que inventava para mim mesmo, eu subia o valor do programa da menina escolhida para aquela noite. Eu perguntava qual era o preço. Tanto, ela respondia. Ok, fechado. Mas sabe aquela campanha de cerveja que as pessoas apontam pra cima com o dedo indicador e dizem "a número 1"? Sei, claro. Fui eu que fiz, toma mais uma grana aqui para você. E aquela do posto de gasolina apaixonado por carros como todo brasileiro, conhece? Nossa, muito boa, claro que sei. Mais um dinheirinho aqui para você. Lembra de Brastemp? Quem não lembra? Dinheiro, dinheiro para você.

Se eu voltasse à Cicciolina no dia seguinte, ou meses, anos depois, a relação se manteria a mesma. Eu podia continuar sendo um publicitário famoso, ter criado qualquer campanha de que eu quisesse roubar a autoria, e as moças seguiriam acreditando nisso para sempre, por uma noite, por algumas horas, pelo tempo que fosse necessário, que eu pedisse. Afinal, por que alguém iria à Cicciolina contar vantagem sobre a própria profissão? Lá, fosse você um merda, um sujeito mediano ou um gênio, não importava. O dinheiro de todo mundo é igual.

Na minha profissão, por outro lado, um dia você é incrível e no dia seguinte já é um bosta. Talvez dure um pouco mais e você ainda consiga manter o respeito por alguns meses, com sorte por alguns anos. Mas em algum momento você não vai conseguir acompanhar o ritmo, vai ter menos oportunidades, seu trabalho vai piorar e piorar e piorar. E as pessoas não vão mais acreditar que você já criou coisas importantes, já foi muito bom, mesmo que isso tenha sido verdade. Em algum momento, restarão apenas as putas. Eu nunca paguei essas moças só por sexo. Paguei para ser considerado alguém, para continuar sendo alguém. Tipo um MBA que funciona de verdade.

Foi para a Cicciolina que eu segui quando Maurício me demitiu, poucos dias depois da agência confirmar a perda da conta do supermercado. Débora insistiu para que saíssemos juntos para conversar. Eu não queria conversar sobre nada. Ou pelo menos sobre nada que tivesse acontecido de verdade alguns minutos mais cedo. Minha ideia era beber uísque até não poder mais. Que Débora, Maurício, agência, conta de supermercado, todos se fodessem. Eu saí da agência para ir até a Cicciolina e ser o publicitário mais espetacular de todos os tempos. Fui ser o cara que criava os comerciais de cerveja mais conhecidos do Brasil, campanhas de banco milionárias, anúncios de carro que faziam as pessoas se mijarem de tanto rir. E não o pobre coitado que tinha sido mandado embora de uma agência de merda por um publicitário medíocre que nunca criou nada durante toda a sua carreira.

Mais de oitenta por cento dos funcionários foram de-mitidos no mesmo dia que eu. Quando o telefone da minha mesa tocou, eu sabia o que estava para acontecer. Cerca de vinte pessoas já tinham saído da sala de reunião chorando, tristes como se aquilo fosse uma injustiça tremenda, como se o tempo e o suor que elas dedicaram à agência pudessem manter seus empregos para sempre ou pelo menos até o momento em que elas próprias decidissem pedir demissão.

Um rapaz saiu da sala enxugando o rosto e, com as costas da mão direita, tentava limpar o catarro que escorria entre o nariz e o lábio superior. Meu telefone tocou. Era Maurício me pedindo para comparecer à sala de reunião, também conhecida naquele dia como matadouro. Eu disse que sabia do que se tratava e que nós dois éramos experientes o suficiente para entender como essas coisas funcionavam. Ele já havia demitido muita gente, eu já tinha sido mandado embora algumas vezes antes, portanto nós dois podíamos evitar uma situação constrangedora e poupar o tempo um do outro. Maurício insistiu para que eu fosse até lá, eu pedi mais uma vez para não ir. Novamente, ele disse que fazia questão. Eu coloquei o telefone no gancho antes que aquilo acabasse se alongando, igual às ligações entre dois namorados que se recusam a desligar antes do outro, e segui até a sala de reunião. Não batia à porta antes de entrar, não disse boa tarde, não me sentei. Apenas fiquei parado em pé, de braços cruzados.

— Senta, por favor.

— Prefiro ficar em pé, Maurício. — Descruzei os braços e voltei a cruzá-los logo depois, transferindo o peso do corpo de um pé para o outro.

— Eduardo, você sabe como funciona, não me leve a mal. Eu estou tentando fazer tudo da melhor maneira, do jeito mais respeitoso possível. — Ele segurava uma caneta sobre uma folha de papel rabiscada.

— Justamente por saber como funciona é que eu pedi para não vir até aqui. Para poupar nosso tempo, para nós não termos esse tipo de conversa e também porque eu acho que a essa altura da vida, depois de tudo o que eu fiz na carreira, eu não precisava fazer esse caminho da humilhação na volta, passando por todos os outros funcionários da agência, na direção da porta, todo mundo sabendo que eu acabei de ser demitido por você.

— Eu só queria demonstrar o respeito que eu sinto por você, pela sua carreira. E agradecer por tudo o que você fez pela minha agência.

— O que eu fiz pela sua agência?

— Muita coisa.

— O quê, por exemplo?

— Como?

— Um bando de folheto de merda, com textos medíocres. Foi tudo o que eu fiz para a sua agência.

— Não estou entendendo aonde você quer chegar, Eduardo. — Ele parou de falar por um instante e, com a outra mão, girou o aparelho celular seguidas vezes em trezentos e sessenta graus sobre a mesa.

— Não está?

— Claro que não. Vou repetir: eu chamei você aqui para demonstrar carinho e respeito.

— Não, você me chamou aqui para comunicar a minha demissão.

— Se você quer ver por esse lado.

— Esse é o único lado. — Eu arrastei a cadeira e me sentei para tentar falar mais baixo.

— Eduardo, você mesmo disse que sabe como esse processo funciona, que já desconfiava que isso iria acontecer. Não entendo por que você ficou irritado assim do nada?

— Do nada? Eu pedi para não entrar aqui. Você podia ter deixado eu ir embora depois daquela ligação. Mas não, me encheu o saco para que eu viesse até a sua sala.

— Por respeito. — Ele parou de girar o celular.

— Eu não preciso do seu respeito. Eu não preciso do respeito de alguém que eu não respeito. Eu não ia falar nada, só pegaria as minhas coisas lá na minha mesa e seguiria direto para o elevador. Mas agora que você me fez vir aqui, você vai ouvir.

— Você está exaltado, Eduardo.

— Você é um merda. Nunca fez porra nenhuma na vida.

— Eu fiz essa agência.

— Grande bosta. Uma agência que só faz coisas insignificantes, chatas, que gritam na televisão e só infernizam a vida de quem está assistindo. A sua sorte é que ninguém sabe quem você é. Senão, era capaz do Brasil inteiro vir aqui enfiar a porrada em você e quebrar essa agência inteira só de raiva dos comerciais que são feitos por você. Taí uma vantagem de ser tão insignificante, ser medíocre pode ser uma bênção — eu cheguei a babar na mesa e me sentava cada vez mais na ponta da cadeira, o rosto a centímetros do Maurício.

— E o que você já fez na vida? — Ele voltou a rodar o celular enquanto puxava, com os dentes, a barba que crescia no queixo.

— Se você tivesse um mínimo de cultura, saberia o que eu já fiz.

— Eduardo, você se acha fodão porque fez uma porra de uma campanha de chocolate 15 anos atrás. Ninguém mais se lembra disso. Você acha que alguém com vinte e poucos anos sabe o seu nome? Ou sabe como era essa campanha?

— Você nem isso fez.

— Eu fiz uma agência. Isso é uma profissão como outra qualquer, é negócio, não é uma disputa intelectual. Eu criei algo real, dei emprego para as pessoas.

— Demitiu também. — Recostei um pouco para ganhar fôlego e respirar mais lentamente.

— Para demitir, eu precisei contratar antes. Você não. Você criou um comercial de chocolate e tentou viver anos às custas dele. O que você acredita ser talento pode ter sido sorte. Aliás, é bem provável que seja sorte. A diferença entre sorte e talento é o que você faz depois. E você não fez porra nenhuma depois.

— Pelo menos por algum tempo, por um dia, um trabalho, eu não fui um bosta. Você foi um bosta a vida toda.

— Não, Eduardo. Eu nunca tive a sorte que você teve. Trabalhei para caralho e montei meu próprio negócio. Tenho meu dinheiro, a vida resolvida. Se quisesse, poderia me aposentar agora. E você? Você vai continuar correndo atrás amanhã, quando acordar. E depois de amanhã. E no mês que vem, no ano que vem. Sempre com a corda no pescoço, fazendo cálculos para pagar as contas até o dia da sua morte. Então, quem é o bosta aqui? Eu ou você?

O telefone dele tocou e, antes que Maurício atendesse, agarrei o aparelho e joguei no chão com toda a força que me restava, com toda a raiva que eu tinha dele, de toda a profissão, de todos os chefes medíocres com quem trabalhei e por quem tive que fingir respeito em troca de um salário. O celular se abriu, espalhando suas peças pelo chão da sala, por debaixo da mesa, do sofá, do carrinho com as caixas de som da televisão, do aparador onde ficava uma bandeja com uma jarra d'água. A parte maior do aparelho, onde ficava o visor ainda vivo, piscando, sobrou visível no centro do carpete. Maurício, com os olhos arregalados, segurava a si mesmo nos braços da cadeira como se corresse o risco de também ser jogado ao chão.

A porta da sala se abriu e a secretária de Maurício veio como uma proteção tardia. Sem saber o que dizer, não soltou a maçaneta e se manteve com um pé para dentro da sala e o outro para fora. Lá atrás, a agência estava em silêncio, tentando entender e ouvir melhor o que se passava na sala de reunião. As cabeças se esticavam sem cerimônia e torciam para ver sangue, um chefe morto, um funcionário suicida, janelas quebradas por uma cadeira voadora, uma televisão com a tela em cacos pelo chão. Alguém tossiu uma vez e segurou a segunda tosse. Dobrei os joelhos, peguei o que restava do celular e, para que não houvesse chance de sobrevivência, mergulhei o aparelho na jarra de água. A secretária tampou a própria boca com a mão que estava livre. Saí da sala, passei na minha mesa só para pegar a minha carteira, e segui para a porta da agência. O silêncio continuava e só foi quebrado pelos passos de Débora, que vinha na minha direção e entrou comigo no elevador. Quando a porta estava quase fechando, cheguei a escutar as conversas que voltavam aos poucos, das rodas formadas por todos que ouviram a cena, ou que pelo menos imaginavam o que tinha acontecido.

Débora me seguiu pela rua ao perceber que eu não pretendia ficar nem mais um segundo próximo àquele lugar, nem mesmo no fumódromo.

— Eduardo, espera.

Eu continuei andando sem olhar para trás, acendendo o meu cigarro enquanto caminhava. Ela apertou os passos e puxou meu braço.

— Caralho, Eduardo, o que você fez? Por que essa cena toda?

— Por quê? Porra, por que eu não fiz aquilo antes? — eu disse depois de me virar.

— Só vai ser pior para você.

— Estou cagando. Eu precisava fazer isso. O Maurício é um merda.

— E você achava que vai conseguir mudar alguma coisa agindo desse jeito? — Ela soltou o meu braço e procurou no bolso da jaqueta seu cigarro e um isqueiro antes de continuar — Quase todo mundo foi demitido, Eduardo.

— Você foi?

— Não.

— Então.

— Então o quê?

— Você não foi demitida.

— Você preferia que eu tivesse sido demitida?

— Eu não disse isso. — Aproveitei que precisava soprar a fumaça e fiquei de costas para Débora enquanto procurava um jeito de continuar a conversa. Mas ela falou antes de mim.

— Eduardo, você mesmo disse que sabia que seria demitido, ou pelo menos que imaginava que isso fosse acontecer. E você já foi demitido outras vezes antes, então...

— Então? Então você acha que é uma puta vantagem ser demitido várias vezes?

— Você sabe que não é isso que eu quis dizer. Você já viveu essa situação, entende que não tem jeito e que não restavam muitas opções ao Maurício. A agência perdeu seu maior cliente.

— Ele perdeu.

— Que seja. Ele, a agência, dá no mesmo. Não importa. O fato é esse e as consequências nós todos conhecemos. Você era o maior salário. Natural que ele tivesse que cortar.

— Parabéns por ser tão racional, Débora.

— Por que você está sendo irônico comigo? Eu não tenho nada a ver com isso.

Pisei no resto do cigarro e acendi o próximo. Traguei duas vezes olhando para Débora. Agora, até ela, uma fedelha com pouquíssimo tempo de propaganda, ganhava mais do que eu.

Pior que isso, ela tinha um emprego e eu não. Uma agência preferiu manter uma garota com tão pouca experiência a me segurar por mais tempo. Tudo bem, eu sabia que ia rodar. Mas, porra, se havia alguém ali que o Maurício não poderia demitir era eu. Eu tinha que ser o último, a esperança final para que o barco não afundasse. E o que me restou foi ser digno de pena para uma semi-adolescente que tinha escrito cinco anúncios na vida.

— Eduardo, vamos tomar um chope no Jobi, vai? A gente conversa com mais calma lá, com a cabeça mais tranquila. Vamos? Vamos pegar um táxi aqui?

— Não, Débora. Obrigado.

— Por favor, Eduardo.

— Você não precisa fazer isso por mim.

— Não é por você.

— É por quem?

Agora foi ela quem puxou a fumaça duas vezes seguidas, pensando no que iria me responder.

— Tudo bem, é por você. Mas qual é o problema disso? Você me ajudou muito quando eu cheguei. Não posso querer conversar com você num momento em que você precisa?

— Pode. Mas eu não quero. Agradeço, mas não quero.

Terminamos nossos cigarros em silêncio e nos abraçamos. Estiquei o braço para chamar o táxi que passava vazio enquanto Débora se virou para voltar à agência. Vi sua bunda se afastando antes de entrar no carro e fechar a porta. Desci o vidro e, mesmo sem perguntar se podia fumar, acendi mais um cigarro. Para a Cicciolina, por favor.

Cheguei cedo o suficiente para conseguir uma mesa de dois lugares só para mim, bem perto do palco. Pedi uma garrafa de Red Label e um pequeno balde com gelo. Era uísque o suficiente para mim e para as meninas que naturalmente sentariam ao meu lado para puxar conversa e conseguir um programa. Bebi o primeiro copo o mais rápido que consegui, tentando chegar logo a um nível de relaxamento mínimo para esquecer um pouco o dia e dar a noite por começada. Eu nem gosto tanto assim de uísque, embora pareça, mas ele funciona como um antiestresse, um antidepressivo, e depois do primeiro ou segundo copo, o mundo começa a mudar na minha cabeça. Não acho que seja efeito só do álcool. Vinho e cerveja, por exemplo, também me deixam bêbado, claro, mas não mudam a minha vida. O uísque é uma passeata inteira, uma revolução que exige e consegue um mundo melhor em questão de minutos.

Virei o segundo copo ainda com o gelo usado no primeiro. E só a partir da terceira dose, passei a beber um pouco mais lentamente, na minha velocidade normal. As putas começavam a chegar, caminhando por entre as mesas, avaliando que homem devia estar mais carente, quem era o mais rico, quem estava lá só de sacanagem e não ia gastar nenhum real. Eu estava comendo amendoim quando uma menina que devia ter pouco mais de 18 anos, e era magra demais, se aproximou.

— Oi, gatinho, posso sentar?

Eu puxei a outra cadeira da mesa e fiz um gesto com a mão indicando que ela poderia ficar ali. Mas ela preferiu se sentar na minha coxa.

— Quer uma dose?

— Eu aceito.

Servi a menina e aproveitei o movimento para completar meu copo também.

— Qual o seu nome?

— Kelly. E o seu?

— Eduardo.

— Eu gosto de Eduardo.

— Que bom.

Kelly passou a mão pelo meu cabelo.

— Olha, Kelly, eu acabei de chegar. Não me leve a mal, mas eu queria ficar aqui bebendo por enquanto.

— Claro, gatinho. Mas a gente podia ir embora juntos mais tarde, né? Gostei de você.

— Também gostei de você. Daqui a pouco a gente se fala de novo. Pode ser?

Ela se levantou e saiu, com o copo na mão, em direção a outra mesa. Era provável que eu quisesse comer uma puta naquele dia e não só ficar olhando. Mas Kelly era realmente magra demais para mim. Eu precisava de uma gostosa cavaluda, coxão, bundão, peitão e não uma criança. Dei outro gole e joguei na boca dois amendoins que desceram sem que eu mastigasse, como se fossem um comprimido.

Meu celular começou a tocar. Era Teresa. Já havia passado da hora de eu chegar em casa e assumir os cuidados pela minha mãe. Mas foda-se. Naquele dia, caguei para a minha mãe, para Teresa também. Qualquer pessoa, mesmo a mais responsável delas, se daria ao direito de beber até cair se fosse demitida do jeito que eu havia sido algumas horas antes. O uísque é o único auxílio-desemprego possível, ou pelo menos o único auxílio eficaz. Não atendi.

Outras putas chegaram e uma delas era exatamente o que eu queria. Seu cabelo ia até o cóccix, ela usava uma sandália com um salto transparente enorme e sorria para todo mundo. Ela já ia passando pela minha mesa quando a segurei pelo braço.

— Oi, tudo bem? Não quer sentar aqui?

— Não sei. — Ela parou ao meu lado olhando ao redor.

— Senta, eu pago um drink para você.

— Não gosto de uísque, amor.

— Tudo bem, não tem problema. Pode pedir outra coisa.

Ela fez um sinal para o barman, que pareceu entender o que ela queria, e aceitou sentar um pouquinho só, amor.

— Britney. Muito prazer.

— Eduardo.

— Oi, Eduardo.

Um drink vermelho, que eu não reconheci, chegou à mesa. Não era um negroni, nem um bloody mary. Preferi não me preocupar com o que ela tinha pedido e me dediquei apenas ao meu uísque. Britney perguntou o que eu fazia e riu quando perguntei o que ela fazia. Falei da minha profissão, das campanhas que tinha criado. Não, não lembro dessa campanha de chocolate, desculpe, amor. Mas ela lembrou da campanha de Parmalat, de Skol, de Brahma, de Brastemp e ficou cada vez mais impressionada com a minha genialidade. A enfermeira ligou de novo e eu finalizei a chamada na mesma hora, mas não rápido o suficiente para evitar que Britney conseguisse ler o nome de Teresa.

— Quem é? Sua mulher?

— Não.

— Não? Sei. Pode falar que eu não sou ciumenta.

— Meio complicado de explicar. Deixa para lá.

— É sua mulher, sim. Eu sabia. Não tem problema se for. Você acha o quê? Aqui, todo mundo, ou quase todo mundo, é casado. Difícil é achar homem solteiro nesse lugar, amor.

— Eu sei disso. E não teria vergonha nenhuma de admitir se eu fosse casado.

O telefone tocou mais uma vez e eu percebi que Teresa não ia desistir enquanto não falasse comigo.

— Oi, Teresa.

— Eduardo, já passou da hora de eu ir embora.

— Hoje eu não vou poder ir para casa. Não por enquanto.

— Como assim?

— Depois eu explico melhor.

— Depois não. Agora, por favor.

— Agora não posso, já falei.

— E você ia me deixar esperando aqui, não ia ligar, nem perguntar se eu podia ficar mais um pouco com a sua mãe?

— Você nunca pode, Teresa. De que adiantaria eu perguntar?

— Ah, é assim então?

— Teresa, eu só estou tentando explicar que não posso ir para casa agora.

— Você não está tentando explicar. Você está avisando que não vem para casa.

— Entenda do jeito que você quiser.

Desliguei. Foi o tempo de dar um gole no uísque para o telefone tocar de novo. Caralho, mas que filha da puta. Britney segurou minha mão e não deixou que eu atendesse.

— Amor, relaxa. Deixa essa mulher aí. Vamos aproveitar a noite.

Britney largou o telefone na mesa rindo e se virou para o garçom para pedir outro drink. Ela ainda ria quando se voltou para mim.

— Bom, estou fodido.

Britney riu alto dessa vez, jogando a cabeça para trás. E eu comecei a rir também. A garrafa de uísque estava terminando mais rápido do que eu imaginava e Britney já demonstrava um carinho por mim que podia ser considerado uma semifoda. Ela me olhava de baixo para cima enquanto bebia seu drink vermelho. Comecei a combinar o valor do programa. Completei mais uma vez meu copo e, com a cadeira mais próxima à cadeira de

Britney, comecei a beijar seu pescoço. Em seguida, passei a beijar a boca e a puxar com força seu cabelo um pouco acima da nuca. Não costumava beijar puta na boca, mas naquele dia, com Britney, especialmente depois da conversa com Teresa, abri uma exceção. O uísque estava no fim e o drink de Britney também. Queria sair dali antes que ela pedisse mais um. Era cedo ainda para os padrões da Cicciolina, mas eu não queria esperar muito tempo para comer a Britney. Além disso, eu tinha outra ideia na cabeça para aquele dia. Terminei a garrafa de Red Label e virei o que restava do drink da Britney Sim, tinha alguma coisa de tomate naquela bebida. Era uma merda, mas uma merda identificável agora, pelo menos.

Entramos no banco de trás do táxi e, durante todo o trajeto, beijei Britney como se ela fosse minha namorada, como se eu acreditasse na paixão e no amor. Senti o uísque bater. Precisava manter os olhos abertos mesmo durante os beijos para não vomitar e percebi que o motorista do táxi nos olhava pelo retrovisor do carro. Britney usava um vestido preto bem curto e era provável que taxista conseguisse ver sua calcinha. Punheteiro do caralho. Todo taxista que pega passageiro na frente da Cicciolina só pode ser um punheteiro compulsivo. Cliente frustrado de puta, com sorte um pegador da raspa do tacho, da sobra da noite, das barangas mais baratas, com retrogosto do pau dos clientes anteriores. Aqui à direita, eu disse, e o taxista encostou. Paguei sem conferir o troco e saímos, eu e Britney. Toquei o interfone. Uma voz de homem atendeu.

— Oi, a Júlia, por favor?

— Quem é?

— A Júlia, por favor?

— Ela está jantando.

— Quero falar com a Júlia.

— Quem é?

— É o Eduardo.

Depois de alguns segundos de silêncio, acendi um cigarro e ofereci à Britney, que recusou, preferindo agarrar o meu cabelo e me beijar no pescoço. Finalmente ouvi a voz de Júlia no interfone.

— O que você está fazendo aqui, Eduardo? Está louco?

— Eu tenho uma surpresa para você.

— Eu não quero saber de surpresa nenhuma sua.

— Ah, agora não quer.

— Eduardo, você está completamente bêbado. Vai embora.

Júlia desligou o interfone. Eu ri, Britney riu também. Voltei a pressionar o botão do interfone e só parei quando Júlia atendeu.

— Eduardo, vai embora, por favor.

— Só paro de tocar esse interfone se você deixar a gente entrar.

— A gente?

— A gente.

— Quem é a gente?

— Eu e a Britney.

— Britney?

— Uma amiga minha. — Pisquei na direção da Britney.

— Puta que pariu, Eduardo. Vou descer aí.

Ela desligou e eu lembrei que não tinha trazido nenhuma bebida comigo. Tudo o que me restava era um maço de cigarros pela metade e a companhia da Britney. Voltei a beijá-la para passar o tempo. A porta do prédio estalou e se abriu. Júlia estava lá, de calça jeans, camiseta e chinelo.

— Oi, tudo bem? — falei antes de arriscar um beijo. Júlia empurrou meu peito.

— O que está acontecendo, Eduardo?

— Essa é a Britney.

— Que merda é essa? Quer acabar com o meu casamento?

— Júlia, pelo amor de Deus, nós dois sabemos que esse casamento nunca existiu.

Britney deve ter ficado sem graça porque se afastou e seguiu andando até a esquina, onde aparentemente Júlia e eu não podíamos mais ser ouvidos.

— Quem é essa mulher, Eduardo?

— A Britney.

— Você já falou o nome dela. Quero saber quem ela é?

— Não sei quem ela é. Conheci agora.

— E por que você trouxe essa mulher aqui?

— Eu estava pensando se de repente a gente podia fazer alguma coisa juntos.

— A gente? A gente quem?

— Nós três.

— Nós três? Você está completamente fora de si, Eduardo. Estou com pena de você. Com nojo, sei lá.

— Porra, mas qual é o problema? Você ia gostar. Olha só como ela é gostosa. E já topou.

— Topou o quê?

— Transar. Nós três. Fiz a proposta, mostrei uma foto sua. Na mesma hora ela adorou a ideia.

Júlia passou a mão pelo próprio rosto, fechou os olhos. Parecia respirar mais rápido que o normal.

— Eduardo, você não tem o menor respeito por ninguém. Você é um egoísta de merda. Eu estou casada e você aparece do nada assim na minha porta com uma puta e uma ideia imbecil como essa.

— Quem disse que ela é uma puta?

— Porra, olha pra ela. Que roupa é essa? E quem aceitaria uma proposta assim tão rápido se não fosse por dinheiro?

— Se você achar que estou indo rápido demais, a gente pode ficar conversando amenidades aqui e mais tarde faço a mesma proposta de novo.

Nesse momento, acho que ela pensou em me bater. Seu braço e sua mão iniciaram um movimento que foi abortado logo no início, como se o cérebro tivesse dado a ordem para interromper o tapa que tinha começado a se formar.

— Eduardo, vai embora.

— Que isso, Júlia? Eu sei que você quer. — Tentei passar a mão nos seus cabelos.

— Vai embora agora. E nunca mais me procura.

— Nossa, mas por que você está assim?

— Por quê?

— É. Por quê?

— Você não tem nenhuma noção do que está acontecendo? Da escrotidão desse momento?

— Agora então você virou uma mulher pura.

— O que você quer dizer com isso?

— Júlia, na véspera do seu casamento a gente estava fodendo num motel. Depois de casada, você continuou a dar para mim como se você fosse solteira. E agora você está aí se fazendo de ofendida porque eu trouxe uma puta para a gente fazer um negócio nós três juntos. Qual o problema nisso?

— Vai se foder, Eduardo. Some daqui. Sai.

— Júlia, me escuta.

— Sai daqui agora, seu babaca.

Ela se virou sem dizer mais nada e fechou a porta do prédio. Não olhou para trás, não se despediu. Joguei o cigarro no chão. Britney continuava me esperando na esquina, já percebendo que meus planos não deram certo. Ela me abraçou mesmo assim e esperamos um táxi passar.

152

— Vamos para a minha casa.

— Vou para onde você quiser. Tem alguma bebida lá?

— Uísque, cerveja. Deve ter vinho também.

Passei a corrida inteira com o dedo dentro da boceta de Britney. Beijava, parava de beijar, mas meu dedo continuou lá durante todo o trajeto, até o momento em que precisei contar o dinheiro para pagar o taxista embaixo do meu prédio.

Como de costume, senti o cheiro forte de mijo antes de abrir a porta de casa e torci para que Britney não tivesse sentido também. Teresa estava sentada no sofá ao lado da minha mãe, que não me olhou ou não me viu, apenas manteve as duas mãos juntas pressionadas entre os joelhos. A enfermeira se levantou antes que eu pudesse explicar para Britney o que significava aquilo.

— Ainda está por aqui? — perguntei.

— Você é um irresponsável — ela gritou como nunca tinha feito antes.

— Teresa, calma.

— Calma? Eu perdi a calma há mais de três horas.

— Você não podia ficar aqui pelo menos hoje? Eu disse que não conseguiria chegar cedo.

— Não. Não podia.

— Essas coisas acontecem, Teresa. E eu sempre chego na hora.

— Não. Você sempre chega um pouquinho atrasado. E volta e meia me pede para ficar mais.

— Sim, e você nunca fica.

— Esse sempre foi o combinado. Você sabe que eu tenho meu filho em casa, que fica me esperando e que, se eu não chego na hora, é uma confusão danada.

— Mas às vezes acontece uma emergência comigo, Teresa. É incontrolável.

— Essa moça é o tipo de emergência que você tem? Toda vez que você me pediu para ficar mais tempo aqui era por isso?

— Não. Essa é a primeira vez.

— Claro que é. — Agora, Teresa já não berrava, o que era um pouco mais assustador.

— Desculpe, Teresa. Desculpe.

Britney parecia assustada e, por impulso, tentei segurar sua mão. Ela deu um passo para o lado, o necessário para se afastar do meu alcance.

— Aliás, Britney, essa é a Teresa, enfermeira da minha mãe. E essa aqui ao lado é a minha mãe, como você pode imaginar.

— Eu achava mesmo que era a sua mulher.

— Desculpe decepcionar você, Britney.

Teresa passou por mim em direção à porta, esbarrando no meu ombro e tampando o nariz não sei se pelo cheiro de mijo ou pelo álcool que eu estava exalando. Quase esqueceu a bolsa e teve que voltar para buscá-la quando já estava na porta. Minha mãe continuava na mesma posição. Era como se não estivesse ali. Na verdade, ela não estava ali.

— Teresa, espera. — Tentei puxar seu braço, mas sem sucesso. — Teresa, calma. Vamos conversar.

Ela bateu a porta e tive que olhar para Britney. Ela passava as mãos nos próprios braços, como se tentasse aquecê-los ou procurasse limpar a vergonha de estar ali.

— Britney, quer beber alguma coisa?

— Desculpe. Mas eu vou embora.

— Calma, Britney, calma. Não precisa ficar assim. Está tudo bem.

— Não está tudo bem, nada.

— É a minha mãe? É isso? Está nervosa com a minha mãe?

— Com tudo isso aqui, essa mulher que estava revoltada aqui e saiu correndo, sua mãe. Melhor eu ir.

— Mas a minha mãe está doente.

— Eu sei.

— Você não está entendendo. Ela está doente, ausente, não entende mais nada, não vê mais nada.

— Percebi.

— Então foda-se. Qual o problema da gente ficar aqui? Vamos beber alguma coisa, ficar juntos. — Eu tentei abraçá-la, mas Britney se assustou. Parecia que nem era puta.

— Porra, me solta.

— Por quê? Para com isso, vem aqui. — Imaginei que ela talvez estivesse sentindo o fedor de xixi.

— Você está maluco. Vou embora.

— Querer comer você é estar maluco?

— Você não respeita a sua mãe não?

— Ela não está ouvindo, Britney. Já expliquei, olha aqui. — Passei a mão na frente do rosto da minha mãe várias vezes. Tirei a calça, fiquei só de cueca.

— Por que você está fazendo isso?

— Para provar que só nós dois estamos aqui nessa sala. — Tentei um carinho mais uma vez e ela reagiu com força, numa intensidade que beirava a agressão.

— Me solta, porra. Já falei.

— "Me solta" é o caralho. Eu estou pagando.

— Foda-se. Enfia o seu dinheiro no cu.

— Agora você está cheia de princípios.

— Você está mais doente que a sua mãe.

Britney saiu tão rápido quanto Teresa e bateu a porta com força. O vidro da janela, do outro lado da sala, tremeu. Subi a calça e tirei a camisa, que amarrei em volta do rosto, enquanto andava até a cozinha para pegar uma garrafa de uísque. Encontrei, atrás de uma pilha de tupperware, um J&B pela metade. De volta à sala, arrastei uma cadeira da mesa de jantar até a frente do sofá e servi dois copos de uísque. Um para mim, outro para a única pessoa que tinha me restado naquela noite, mas que não iria me acompanhar.

12

Procurar emprego em propaganda é diferente de procurar emprego nas outras profissões. Especialmente se você for redator ou diretor de arte e trabalhar na criação. Primeiro, é preciso ter um portfólio, em que você reúne os seus melhores trabalhos, aqueles que as pessoas lembram, os que foram premiados ou simplesmente os que você acha que podem ajudar a convencer alguém a considerar sua contratação. Com o portfólio organizado, você começa a ligar, mandar e-mail, mensagem, o que for, para os diretores de criação das agências e perguntar se eles teriam um tempo para dar uma olhada na sua pasta. A maioria arruma um horário, às vezes até em pouco tempo, especialmente se você for conhecido ou indicado por algum amigo. No mercado do Rio, todo mundo se conhece, o que facilita o processo como um todo.

E então você vai marcando essas entrevistas onde o seu trabalho é julgado. Todos os diretores de criação que veem a sua pasta dão opinião sobre cada coisa que você criou, tira esse anúncio aqui, esse outro eu gosto, esse acho mais fraco, troca a ordem da apresentação, esse aqui você que fez?, legal, legal, esse não curto, esse talvez. É um exercício de humildade porque, além de estar pedindo emprego, você precisa aceitar ou pelo menos fingir que aceita a opinião de profissionais que muitas vezes você não respeita ou que estão por aí há muito menos tempo.

Conseguir essas entrevistas nem sempre significa que você tem a chance de entrar para as agências. Pode ser que não haja uma vaga, por exemplo. Mas, mesmo assim, é preciso ir aos lugares mostrar o seu trabalho e quem sabe dar a sorte de ter alguém saindo, de uma conta ter acabado de entrar ou até de acharem o seu trabalho tão bom, mas tão bom, que decidam demitir pessoas para colocar você. No mínimo, mostrar a pasta ajuda você a ficar no radar.

Quinze anos atrás, no meu auge, perder o emprego não era uma preocupação que passasse pela minha cabeça, que me atormentasse. Havia muitas agências no Rio de Janeiro, nem todas boas, mas várias delas grandes, com dinheiro, e prontas para contratar um redator de nome que estivesse dando sopa por aí. Aconteceu comigo mais de uma vez. E eu nem precisava mostrar pasta para ninguém. Meu nome circulava entre os diretores de criação, o telefone tocava e eu recebia uma proposta. Em pouco tempo eu já estava trabalhando e ainda podia guardar o dinheiro da rescisão e do FGTS.

Hoje, as coisas mudaram bastante. Comigo e com o mercado. Há muito menos agências de propaganda no Rio. Nesses quinze anos, muitas fecharam, as multinacionais ficaram cada vez maiores em São Paulo e menores aqui, as independentes foram deixando de existir e mesmo as que sobreviveram são menores agora e, pior, têm menos dinheiro para pagar um redator como eu. As criações são formadas por jovens que trabalham muito, mas ganham menos. E a verdade é que eu fiquei caro demais para o que posso entregar. Fiquei caro demais para o tipo de trabalho que as agências do Rio, em sua maioria, entregam hoje.

As possíveis vagas para um redator da minha idade e com o meu estilo praticamente deixaram de existir. Minhas opções de agência, onde poderia haver a remota chance de eu conseguir trabalhar, eram quatro ou cinco. Ou seja, depois de mostrar a pasta nesses lugares, não havia nada que eu pudesse fazer além de esperar. Essa espera poderia durar quinze dias, um mês ou para sempre. Sim, talvez eu nunca mais conseguisse um emprego.

Na terceira agência que visitei, o diretor de criação que me recebeu era um menino com pouco mais de trinta anos. Sabia quem eu era, conhecia meu nome, mas se assustou ao ver logo de cara na minha pasta a campanha de Maxime. O garoto adorava aquele filme, disse que lembrava do dia em que o viu pela primeira vez na televisão. Cara, aquele comercial foi uma das razões para eu ter decidido ser publicitário, cara, eu sonhava com o dia em que trabalharia com pessoas iguais a você, cara.

A partir daí, a entrevista deixou de ser uma entrevista. O menino contou toda a sua vida, desde pequeno, os anos de colégio, os elogios da professora de literatura, a faculdade que não adiantou de nada, o primeiro estágio. Se pudesse voltar no tempo, ele nem teria frequentado a universidade, nem sequer se inscrito no vestibular. Teria começado a trabalhar antes para que, segundo ele, conseguisse virar diretor de criação ainda mais cedo do que conseguiu.

Mas a verdade é que tudo na vida do garoto tinha dado certo muito rápido. Estagiou pouco e logo foi contratado, deu sorte nos primeiros trabalhos e ganhou prêmios muito cedo também. Provavelmente, pegou algum job que os outros redatores mais experientes da agência acreditavam ser uma carne de pescoço mas era um filé disfarçado, fez direito e se deu bem. Aí, explodiu. Quando você ainda é barato e aparece para o mercado, começa a surgir uma proposta atrás da outra. Para segurar você, as agências oferecem mais dinheiro e melhores trabalhos. Com os melhores trabalhos na mão, você aparece ainda mais e recebe outras propostas. E essa onda boa dura por algum tempo, até o seu salário ficar realmente alto ou o mercado entrar em crise ou até você ser considerado velho. Mas enquanto as coisas estão indo bem, você nunca imagina que tudo vai acabar de uma hora para a outra. Você tem apenas a certeza de que é diferente, de que é um talento raro.

O garoto estava justamente nesse momento. E eu, claro, era mais uma prova de que ele era realmente um talento raro. Eu tinha uns dez ou quinze anos a mais do que ele, criei uma campanha famosíssima e agora estava lá submetendo meu trabalho a ele, pedindo opinião, pedindo emprego. Porra, caralho, como eu sou foda, ele devia pensar.

O menino me elogiou muito, disse que comprou muito chocolate Maxime graças a mim e que a empresa deveria ser muito grata porque ganhou muito dinheiro às minhas custas. Falou também que seria uma honra me contratar, mas que infelizmente não tinham vaga no momento. Era um discurso meio padronizado, que ouvi em todas as agências onde fui conversar. Na verdade, significava que todos eles tinham um certo respeito por mim mas sabiam que eu estava velho, que não devia mais aguentar o ritmo das agências, que o trabalho que os clientes queriam ver hoje não era o tipo de trabalho que eu sabia fazer, que eu era ultrapassado e devia ter perdido a mão. Nada disso era verdade, mas tudo era verdade também. Senão pelo meu lado, pelo lado deles. Eu já estive sentado na cadeira daqueles meninos e pensava exatamente a mesma coisa. Reconhecia que havia uma história já escrita na propaganda, mas eu estava certo de que tinha chegado para mudar o futuro da profissão. Os mais velhos, os redatores e diretores de arte com mais de quarenta, eram ancestrais com a cabeça na Idade Média. Experiência era atraso. A memória da propaganda deveria ser para a frente.

Mas eu me transformei no ancestral com a cabeça na Idade Média, e estava cara a cara com o menino que se via claramente como o futuro da propaganda. Ele não disse isso, mas eu podia ver. Porque sabia como era aquela sensação, me lembrava de como eu havia me sentido. Fora que ele devia estar comendo todo mundo. Ali mesmo naquela sala, sobre a mesa em que avaliava a minha pasta, ele devia ter enrabado alguém. A vida pode ser maravilhosa quando você tem apenas certezas a seu respeito. E a juventude é a época das certezas.

Quando eu era um jovem publicitário que estava começando a ser reconhecido, ou seja, assim que passei a receber um salário razoável, fui morar sozinho. Morei com a minha mãe até os vinte e cinco anos, mais ou menos. Não que eu odiasse dividir a casa com ela, mas precisava sair de lá o mais rápido possível. Estava cansado da falta de privacidade, de ter que frequentar motéis quando comia alguém, de ter que avisar quando chegaria mais tarde, se jantaria em casa ou não. Morar com sua mãe é mais ou menos como ser casado. E eu queria ser solteiro.

Mas havia algo ainda mais desagradável em não morar sozinho. Eu me sentia obrigado a conversar com a minha mãe quando chegava em casa do trabalho, geralmente morto, e tudo o que eu queria era ficar no meu canto, ligar a TV e me separar do mundo real. Eu me sentia o pior dos filhos quando fechava a porta do meu quarto, tirava os sapatos que ficavam para sempre na posição em que caíam no chão, enquanto minha mãe jantava sozinha na sala.

— Filho, não quer jantar?

— Agora não, mãe.

— Aproveite, acabei de esquentar a comida — ela gritava da sala e eu respondia andando pelo corredor, fechando a porta do quarto, controle remoto já na mão, os dedos de um pé tirando o tênis do outro pé pelo calcanhar.

Eu esperava ela terminar seu jantar e tirar a mesa para, só então, ir até a cozinha e esquentar o meu prato. Voltava para o quarto com a bandeja, que eu apoiava numa cadeira enquanto ficava na cama, de frente para a TV. Minha mãe continuava do outro lado de uma parede que engrossava a cada dia, sozinha na sala.

Sair de casa, no fundo, não era me livrar da minha mãe. Era me livrar da culpa. Numa casa só minha, não haveria ninguém com quem me preocupar e eu escolheria os dias em que veria minha mãe. Os encontros passariam a ser uma vontade, não uma obrigação, o que certamente melhoraria nossa convivência. Passaríamos a estar mais juntos, com uma intensidade maior, mesmo nos vendo menos. Pelo menos foi isso que eu expliquei à minha mãe quando saí de casa.

E realmente funcionou dessa forma durante os primeiros meses. Eu me organizei para encontrá-la pelo menos duas vezes por semana, jantava na sua casa, os dois na mesa conversando amenidades. Até que as duas vezes se transformaram em uma. E depois essa única vez na semana passou a ser um esforço grande para mim e trouxe o mau humor típico das obrigações. Eu não estava trabalhando mais, não andava mais cansado do que o normal. Mas, mesmo assim, ir até a casa da minha mãe havia se transformado num peso. Eu mais uma vez passei a me cobrar por me sentir assim, o que só aumentava mais ainda o peso das visitas. E o único jeito de se livrar do peso era largá-lo. Foi o que eu fiz. Parei de me cobrar as idas até o apartamento da minha mãe. O peso foi diminuindo. Eu ia no dia do seu aniversário, no dia das mães, um fim de semana aqui outro ali, ligava numa quarta-feira. Deixava uma caixa de chocolates para ela. Depois passei a ligar mais do que ir. A quase nunca ir. A ligar pouco também. A mandar alguém deixar as caixas de chocolate. E dessa forma fui dispensando a minha mãe da minha vida. Aos poucos, para que a culpa não voltasse a bater.

Depois de conversar com o diretor de criação garoto prodígio, fui a mais duas agências. O mesmo papo. Legal, vou ficar de olho, qualquer coisa eu aviso, muito bom o seu trabalho, daqui a pouco pinta alguma coisa, não se preocupe. A partir daí, só me restava esperar.

Nunca consegui me acostumar a ficar sem fazer nada. Mesmo quando estava de férias, não me sentia bem durante os dias da semana. Ao lembrar que o mundo inteiro estava trabalhando enquanto eu estava coçando o saco, me batia uma angústia comum aos desempregados. Era diferente de querer que as férias acabassem. O problema é que você vai se dando conta de que o mundo continua a funcionar sem você. A agência encontra soluções para a sua ausência, os amigos e as mulheres também. Você não quer voltar a trabalhar, mas as férias também fazem mal depois de algum tempo porque minhas relações com as pessoas eram todas, de certa forma, construídas ao redor do trabalho. E a minha confiança como homem, como pessoa, também dependia disso. Sempre me senti mais seguro tendo o emprego como apoio, a carreira como base. Era a ela que eu recorria quando me faltava assunto, quando alguém queria saber quem eu era, quando eu queria saber quem eu era.

O primeiro problema de ficar em casa esperando é esse. O segundo, que pode se transformar em primeiro rapidamente, é o dinheiro. De alguns anos para cá, as agências deixaram de me pagar na carteira. Eu, e muitos outros publicitários, fomos obrigados a abrir nossas próprias empresas para que as agências nos contratassem e nos pagassem como PJ. Os descontos nos salários eram menores, mas por outro lado, você deixava de ter FGTS, plano de saúde, vale-refeição, décimo terceiro. E, quando você é demitido, não há multa.

Funciona como se uma empresa deixasse de contar com o trabalho de outra empresa. No máximo, as agências pagam mais um salário ou dois para você, e pronto. A partir daí, ou você dá a sorte de ter se organizado e separado um dinheiro ou fodeu. No meu caso, fodeu. Porque nunca fui muito organizado e, com a doença da minha mãe, passei a gastar tanto dinheiro que, por mais CDF que eu fosse com o meu salário, não havia muita massa de manobra.

Se eu não conseguisse nada, um freela que fosse, meu dinheiro acabaria em poucos meses. A aposentadoria da minha mãe continuava sendo consumida pelas dívidas do seu apartamento. Eu precisava cortar custos logo. E quando percebi que não havia nada no horizonte, passei a considerar a dispensa das enfermeiras. Elas eram de longe o meu maior custo e a única coisa que eu podia cortar. Era drástico, claro, porque isso significava que eu teria que passar todas as horas dos meus dias cuidando da minha mãe, sem ter nenhuma habilidade, conhecimento, vontade ou preparação para tal. Mas, fora elas duas, havia só a minha casa, meu carro, a TV a cabo, a conta de luz, o uísque.

13

Débora me ligou para saber como eu estava, se tinha alguma novidade, se havia algum emprego em vista. E queria que voltássemos à Lagoa para patinar. Vamos lá, Eduardo. Você não gostou daquele dia? Vamos lá. A gente patina uma horinha e depois toma alguma coisa.

Eu não pretendia voltar a patinar nunca mais. Se Débora quisesse me dar, ótimo. Mas patinar de novo, sem chances. A punheta sangrenta ainda era uma lembrança dolorida e eu sabia que ela só queria me ver porque sentia pena de mim ou, no máximo, por acreditar que ainda tinha uma dívida de gratidão comigo. Adiei os encontros enquanto tive desculpas possíveis. Até que um dia propus um almoço no Bar Lagoa, sem patinação nenhuma.

Cheguei um pouco antes do horário combinado e pedi um chope. Todo mundo adora aquelas linguiças que eles servem de entrada, mas nunca gostei muito. Comia mais porque sempre tem alguém na mesa que pede as tais linguiças ou talvez porque o garçom já trazia logo de uma vez só para resolver o assunto enquanto as pessoas estão em dúvida, lendo o cardápio. Deixei claro que não queria nada, só uma cerveja.

O Bar Lagoa ainda tinha alguns lugares vazios na varanda. Escolhi uma mesa encostada na parede, de onde era possível ver a rua e a Lagoa sem que o barulho do trânsito incomodasse.

Débora chegou quando eu estava terminando o terceiro chope. A delícia de sempre. Quase me fez reconsiderar a aposentadoria na patinação. Vamos patinar, Débora, vamos fazer qualquer coisa, com você faço qualquer coisa. Nos abraçamos. Antes de me sentar novamente, fiz um sinal pra que o garçom trouxesse dois chopes e um cardápio. Ela comentou que adorava o Bar Lagoa e não sabia por que ia lá só muito de vez em quando. Disse que às vezes até esquece que o restaurante ainda existe, o que é uma pena porque é sempre tão bom e agradável tomar um chope na varandinha.

O garçom trouxe os chopes, que transbordavam. Mas, antes que ele deixasse o cardápio sobre a mesa, Débora o interrompeu:

— Queria uma porção daquelas linguiças com mostarda. Tudo bem por você, Eduardo?

— Claro. Vamos nessa.

— Não consigo vir aqui e pedir outra coisa de entrada.

— É um clássico.

Brindamos. Débora sabia beber. Na verdade, me parecia que ela bebia não para agradar a si própria, mas sim aos outros, que assistiam ao seu show. A cada gole, ela passava a língua em arco sobre os lábios, mesmo que o chope não houvesse deixado bigodinho nenhum.

O garçom trouxe as linguiças. Débora espremeu bastante mostarda escura na travessa, espetou uma fatia com o palito e, antes de terminar de mastigar, disse:

— E aí? Como você está?

Lambuzei uma linguiça na mostarda enquanto pensava se respondia sinceramente ou apenas de forma retórica, para dar início ao almoço.

— Tudo bem — respondi, mastigando só com o lado direito da boca.

— Novidades?

— Novidades? Não. Por enquanto, não.

— Já foi em muitos lugares?

— Lugares?

— Agências — ela respondeu enquanto se inclinava para espetar mais um pedaço de linguiça.

— Ah, sim. Fui em todas já.

— E aí? Você nem me contou nada.

— É que não aconteceu muita coisa.

— Duvido.

— Não tem muita vaga, aparentemente. Ou, pelo menos, não tem vaga para mim. — Bebi dois goles do chope. — Todo mundo foi simpático, respeitoso comigo e com o meu trabalho.

— Claro. Não tem como não respeitar o seu trabalho, Eduardo.

— Mas, no final, era sempre aquela história: por enquanto, não tem nada, mas vou ficar de olho, seria um prazer ter você aqui na agência bla bla bla.

— Entendi. É que o momento não é bom mesmo.

A essa altura eu já estava arrependido de ter sugerido um almoço no lugar da patinação na Lagoa. Patinando, pelo menos eu não precisaria passar duas horas do dia contando como minhas visitas às agências tinham sido, assumindo que não consegui emprego e que não havia nada no horizonte, mesmo algumas semanas depois da minha demissão.

— E na agência? Como vão as coisas?

— Continua tudo na mesma. O clima ainda meio pesado por causa das demissões, ninguém sabe muito bem o que vai acontecer. Muita gente se mexendo para conseguir sair de lá.

— E você?

— Estou esperando para ver. O Maurício disse que gosta muito do meu trabalho, que conta comigo para reerguer a agência. Essas coisas que os chefes dizem para quem sobrevive aos passaralhos.

— E às vezes a gente acredita.

— É. Às vezes é mais fácil e mais cômodo acreditar.

Pedimos mais dois chopes e o cardápio. As linguiças já estavam terminando.

— Acho que você está certa. Não é o momento de sair. Pelo menos o seu momento. Lá o seu trabalho é respeitado. Se você for para outro lugar, tem que começar tudo de novo, se provar todos os dias.

— Sério? Achei que você nunca me falaria isso.

— Que você teria que se provar todos os dias numa nova agência?

— Não. Nunca imaginei que você fosse me falar para ficar.

— Por quê?

— Pelo que você sempre falou da agência. E do Maurício.

— A agência, na verdade, acho que é mais uma incompatibilidade de momentos. Não era o lugar que eu imaginava estar a essa altura da vida. Tudo bem que eu também não imaginava que estaria na rua, mas ok.

— E o Maurício?

— O Maurício eu continuo achando um merda.

— Por que você ficou tão puto com o Maurício?

— Por quê? — Agradeci o garçom pelos dois chopes.

— Sim. Por quê?

— Porque ele foi um babaca.

— Ele tinha que fazer aquilo.

— Aquilo o quê?

— Demitir as pessoas.

— Débora, eu não vou voltar nesse assunto. Não fiquei puto só porque ele me demitiu. A mediocridade me irrita. E ele é um medíocre. Sempre falei isso para você.

— Ele é uma boa pessoa, Eduardo.

— Tudo bem. Não me interessa se ele é boa pessoa, na verdade. Mas por que você está entrando nesse assunto?

— Nós dois demos um gole nos nossos chopes ao mesmo tempo. Funciona quando duas pessoas que estão conversando precisam de tempo para não errar a frase seguinte.

— Eduardo, vocês são duas pessoas que eu gosto e admiro.

— Porra, você admira aquele merda?

— Calma, deixa eu falar.

— Tudo bem, fala.

— Acho que vocês dois são boas pessoas e que podiam se entender. A quem interessa que vocês fiquem brigados?

— Não me interessa não ficar brigado com ele. Na verdade, não passa pela minha cabeça que o Maurício exista.

— Ele gosta de você, Eduardo. Ele me falou, aliás, que está disposto a reconsiderar tudo, a se entender com você.

— Ele falou? Como assim ele falou?

Os pratos chegaram. Pedimos qualquer coisa com uma salada de batata. Tudo naquele lugar parecia qualquer coisa com uma salada de batata.

— Ele me falou que podia perdoar você.

— Me perdoar? Por quê?

— Eduardo, você tem que admitir que fez uma cena aquele dia na sala do Maurício. Estraçalhou o celular do cara. Bom, você lembra. — Ela tentou desgrudar a bolacha de chope do fundo da tulipa.

— Porra, aquilo foi uma reação ao que ele fez comigo.

— Mas não se justifica, Eduardo. Ao que me consta, ele foi educado com você, fez o que um dono de agência, infelizmente, tem que fazer nessas horas. Tudo bem, você tinha o direito de ficar chateado, triste, puto até. Mas aquilo foi meio exagerado, concorda?

— Se eu concordo? Você só pode estar de brincadeira.

— Eduardo, pensa com calma. O que você pode ganhar com essa briga?

— Débora, não estou entendendo o motivo desse almoço. Você acha realmente que eu vou ligar para o Maurício e me desculpar?

— Não precisa se desculpar. Só falar que você se exaltou ali no momento, que não é nada pessoal. Essas coisas.

— E por que ele precisa ouvir isso de mim?

— Porque ele se sentiu ofendido. Se coloca no lugar dele: todo mundo viu aquela cena, foi uma merda pro Maurício também.

Nos servimos, a carne já um pouco morna e a salada de batata não tão gelada quanto seria o ideal. Eu precisava de mais um chope. Débora pediu uma Coca Zero. Ou seja, não sabia beber porra nenhuma.

— Tudo bem, Débora. Mas me diz uma coisa: como vocês chegaram nesse assunto? Por que você foi falar de mim para ele? E como você chegou nessa conclusão de que ele me perdoaria?

— Sei lá. Um dia o assunto surgiu lá na agência.

— Não. Eu sei que não foi isso.

— Por que você quer saber? Isso não interessa.

— Interessa a mim. Você pode me dizer?

— Tudo bem. Eu fui pedir para ele indicar você para as outras agências. Ele pensou e disse que tudo bem, desde que você ligasse para ele e vocês resolvessem o problema.

— Peraí. Você fez o quê?

— Eu quis ajudar você, Eduardo.

— A pedido de quem? — Afastei o prato para a frente, não podia mais comer. — Com a autorização de quem?

— Eu deixei claro que era eu quem estava pedindo a ajuda dele, não você.

— Não me interessa, Débora. Eu não preciso da ajuda desse merda para nada e não autorizo ninguém a pedir ajuda a ele em meu nome.

— Por que não?

— Você não entende.

— Não, não entendo.

— Caralho, como uma agência não demite alguém como você?

— Oi? Por que você está sendo estúpido comigo?

— Porque você teve uma atitude estúpida.

— Tentar ajudar você?

— Não preciso da sua ajuda também, Débora. Aliás, é exatamente o contrário. Se não fosse por mim, você teria sido demitida. Lembra? Quantos anúncios eu fiz por você? Quanta merda eu resolvi para que você parasse de chorar? Por onde anda a cabeça de uma pessoa como você? Por onde anda a cabeça de uma quase estagiária quando acha que pode ajudar alguém com a minha história? Como você pôde me humilhar assim? Como pôde me colocar numa situação como essa na frente de um bosta como o Maurício?

— Por que você vê a minha tentativa de ajuda como uma humilhação? É preciso estar com a mente muito perturbada para achar isso.

— Débora, você é só uma gostosa. Uma gostosa que todo mundo quer comer. Eu não ajudei você porque era bonzinho. Em cada título que escrevia, eu só ficava imaginando como você devia ser pelada, se um dia você me agradeceria dando para mim. E é por isso também que o Maurício não demitiu você. Ele quer te foder. Pagando pouco por isso.

— Eu só estava querendo ajudar você, seu merda.

Ela afastou a cadeira para trás com força, pegou a bolsa e saiu, me deixando sozinho com seu prato ainda intocado, a Coca Zero até a boca do copo e o guardanapo no chão. Pedi um outro chope. Um calor subia pela minha nuca. Talvez o certo fosse ligar para Débora e pedir desculpas, ao menos pelas minhas últimas palavras. Ela era mesmo uma gostosa, provavelmente o Maurício e todos os outros funcionários da agência gostariam de comê-la, mas eu não precisava ter falado o que falei. Por outro lado, a humilhação que eu senti ao imaginar a cena da Débora pedindo ao Maurício que me ajudasse era mais forte do que meu arrependimento. E a humilhação deixa você travado, escondido atrás do chope, mudo. Tudo que se quer nessas horas é a distância de quem representa esse sentimento para você. O mensageiro. Débora passou a ser isso aos meus olhos. Alguém que jogaria sempre na minha cara, mesmo sem dizer nada, o quanto eu estava fodido.

Bebi mais um chope. Os garçons continuavam passando, sérios, com suas bandejas. Os chopes seguiam transbordando suas espumas e formavam uma espécie de chorume nas bandejas com bordas baixas. As cadeiras entre uma mesa e outra, sempre próximas demais, forçavam todo mundo a passar entre elas na ponta dos pés e de lado, para que as bundas ficassem mais altas que os encostos. Mais garçons, mais bandejas, mais linguiças, mais chopes, mais pessoas na ponta dos pés, mais mostardas, mais saleiros, guardanapeiros. Os clientes saíam, os garçons trocavam as toalhas de mesa feitas com papel, rasgadas nos pontos em que as tulipas haviam molhado. Novas toalhas, novos pratos, talheres, guardanapos, cadeiras alinhadas, novos clientes. E o mesmo processo, na ordem idêntica: garçom traz o cardápio, abre o cardápio ao meio, mostra para uma pessoa da mesa, a pessoa já pede alguma coisa antes mesmo de ler o que está escrito lá, depois o garçom faz as primeiras anotações no bloquinho, e aí sim o cliente começa a olhar o cardápio, garçom se afasta, clientes deliberam sobre o que vão pedir, alguém ri, garçom volta com chopes para todo mundo, apoia a bandeja na mesa, tira o bloquinho do bolso, um dos clientes pede em nome de todas as outras pessoas da mesa para organizar a zona, garçom anota no bloquinho, repete em voz alta o pedido para conferir, cliente pede para mudar alguma coisa, garçom risca o bloquinho, escreve as alterações no pedido, garçom se afasta, amigos brindam, amigos bebem. Em todas as mesas, o mesmo processo. Em todas as mesas, amigos se achando únicos e diferentes, alguns simulando uma intimidade com os garçons, sem saber que são idênticos a todas as outras mesas de clientes que passaram por ali naquele dia. Todas tratadas da mesma forma e repetindo os padrões de todo ser humano que passa pelo bar em grupos. Risos, somos muito engraçados, somos descolados, somos desinibidos, não existe galera igual à nossa, o mundo nos vê de um jeito diferente, todos invejam o nosso grupo de amigos, olha como até os garçons nos acham divertidos. Porra nenhuma, otários do caralho. O mundo olha para vocês do mesmo jeito que olha para a mesa ao lado, para a mesa anterior às suas. No momento em que vocês saem da mesa, alguém vem, troca a toalha de papel que vocês deixaram imunda e leva junto os últimos resquícios de suas passagem por aquele lugar. Não, ninguém fica mais de um segundo lembrando como vocês eram divertidos e muito loucos e muito gente boa. Vocês são só uma toalha de papel que precisa ser trocada.

Bebi mais três chopes. Um casal jovem chegou com um carrinho de bebê. Sentaram-se um em frente ao outro, o carrinho na lateral, com a criança voltada para a mãe. Devia estar dormindo porque os pais conseguiam conversar tranquilamente. O pai pediu uma cerveja e a mãe, uma Coca. A cada frase do marido, ela desviava a cabeça para olhar o filho. Em algum momento, provavelmente nos Estados Unidos, no Bar Lagoa de lá, uma mãe entrou sozinha com o seu filho no carrinho, um filho que também era meu, pediu sua Coca e ficou olhando a criança dormir. Não sei se lia um livro, um jornal, uma revista, se cumprimentou um conhecido que passou por ela. Mas naquela mesa não havia um pai bebendo seu chope. O pai estava no Rio criando anúncios e comendo outras mulheres, o que continuou fazendo durante muitos anos, enquanto a criança crescia, aprendia a andar, a falar, e sua mãe conhecia outros homens que também a comiam prometendo amor até descobrirem que ela era mãe solteira. E a criança, em algum momento, aprendeu a escrever e precisou fazer uma lição de casa em que desenhava a sua família, e no desenho só aparecia a mãe e os avós porque o pai nunca existiu, morreu cedo ou teve qualquer fim que a mãe inventou já que não havia contestação. A criança teve dificuldade em matemática ou português ou história e a mãe, depois de chegar do trabalho, ainda precisava ajudar nos estudos. A criança, em algum momento, voltou a perguntar do pai e a mãe confirmou a mesma história e a criança desconfiou que havia algo de errado, mas não insistiu e disse que não se importava porque amava sua mãe e não precisava de mais ninguém. Em alguma noite a criança foi dormir chorando porque seus amigos tinham um pai e ela não, e no colégio as outras crianças riam enquanto diziam que ela não tinha pai, ha ha ha. Aliás, nem o nome do meu filho eu sabia qual era. Nunca perguntei para a Bruna. Na verdade, depois daquele dia na praia, quando ela me contou que estava grávida, não nos falamos mais. E a maior merda que eu fiz na vida, talvez a maior, acabou não me afetando. Bruna cuidou de tudo sozinha, não me ligou uma vez sequer. Se eu fosse ela também não me ligaria.

Quando me levantei para mijar, percebi que estava um pouco tonto. As luzes do salão de dentro do Bar Lagoa me cegavam como se fossem lanternas apontadas para os meus olhos. Já havia mais gente no bar, com roupas de trabalho, terno, caralho, por que alguém usa terno no Rio de Janeiro? Não lavei a mão depois de mijar porque esses banheiros de bar sempre me dão a impressão de serem bem mais sujos que o meu pau. Torneiras, maçanetas, porra, para ligar uma torneira, antes de lavar as mãos, o cara está com a mão suja. Acabou de segurar o pau. Ou seja, segurar uma torneira de bar é quase a mesma coisa do que agarrar diretamente o pau alheio. Voltei para a mesa, limpei a mão na tulipa de chope suada e sequei na calça.

Pedi a saideira e o garçom me olhou como se eu tivesse algum problema. Nunca viu um bêbado? Nunca viu um desempregado bêbado? Traz o chope e a conta. O chope e a conta. Não sei se ele não estava entendendo ou se pensava em não me trazer mais nada. Ficou em pé por um tempo me olhando, a ponta da caneta encostada no bloquinho. Me levantei de novo e precisei me apoiar na mesa. Caralho, vou ter que ir eu mesmo buscar a bosta do chope?, acho que gritei. Houve um silêncio no bar. O garçom guardou o bloquinho e o gerente surgiu como se fosse o responsável por resolver todos os problemas do mundo, cara de sério. O silêncio continuou e era tão intenso que o gerente precisou falar baixo para que não parecesse que estava gritando. Todo mundo me olhava. O gerente me pediu para que pagasse a conta e saísse. Argumentou que eu já tinha bebido demais, que já estava lá há algumas horas e que não me traria mais bebida nenhuma, para o meu próprio bem. Porra, ninguém quer o meu bem se não me traz um chope, respondi rindo. O gerente me mandando embora enquanto um bando de gente me olhava. Parecia o Maurício. Em que ponto eu havia chegado? Agora, qualquer sujeito de merda do mundo se acha no direito de me mandar embora em público. Senhor, por favor, pague a conta e saia. O gerente agora olhava para as outras mesas, como se estivesse pedindo desculpas em meu nome pela cena que todos nós estávamos vivendo aquela tarde. Perdão, queridos clientes, ele está muito bêbado, é um descontrolado problemático. Desisti da saideira. Fiz um carinho no rosto do gerente com a mão ainda suja do meu pau. Fique tranquilo, não vou criar problemas para você, estou saindo. Paguei a conta. Incluindo o que a Débora tinha comido.

Não queria chegar em casa naquele estado e também não tão cedo, muito antes do horário de Teresa sair. Atravessei cambaleando as duas pistas da Epitácio Pessoa em direção à ciclovia da Lagoa. Nunca vi bêbado morrer atropelado. Me sentei de frente para a Lagoa, no meio-fio do gramado que separa a ciclovia das faixas dos carros. Era final de tarde e o sol já não chegava diretamente sobre mim. Deitei as costas na grama.

Quando acordei, já era noite. Não sei quantas horas fiquei caído por ali, quem tinha me visto, rido de mim, cuspido na minha cara. Talvez alguém tivesse tentado me acordar, carregar no colo. Pode ser que eu tenha acordado em algum momento. Posso ter xingado a pessoa que fez isso e voltado a dormir. Será que me confundiram com um mendigo? Ou com um doente mental abandonado pela família e pelos amigos? Havia uma mancha de mijo na minha calça, a minha camisa estava com quase todos os botões abertos. Cada pessoa que passava correndo ou de bicicleta fazia um pequeno desvio para se afastar de mim sem que ficasse tão evidente se era por medo ou por nojo. Tentei me pentear com as mãos ou pelo menos ajeitar os cabelos. Bati na minha calça para tirar os pedaços pequenos de grama que estavam pendurados. Pelo menos já não me sentia tão tonto. E segui caminhando para casa, em meio a uma espécie de força gravitacional própria que afastava as pessoas e os ciclistas e que fazia com que os motoristas fechassem os vidros e verificassem se os pinos dos carros estavam mesmo fechados.

Teresa estava na cozinha se arrumando para sair. Gritei um oi da sala e, antes que ela me visse, fui direto para o banheiro tomar banho. As roupas foram direto para um saco plástico e, dali, seguiriam para o lixo.

Voltei para a sala com a toalha enrolada no rosto. Teresa já tinha ido. Minha mãe estava no sofá, de frente para a televisão, que passava um daqueles programas jornalísticos que só mostram as ações da polícia em crimes de diversas proporções e ficam repetindo as mesmas cenas, muitas vezes filmadas com helicópteros. O apresentador fazia mistério a cada minuto, como se estivesse prestes a dar alguma informação que mudaria os rumos da matéria. Mas ficava enrolando, enrolando. Chamava um repórter, agora calma, calma, que Luiz Leite está na cena do crime e vai nos trazer novas informações. Luiz Leite, como está a situação por aí? E entrava Luiz Leite repetindo a mesma coisa, uma palavra nova aqui e outra ali, mas a mesma coisa. E o apresentador chamava os comerciais avisando para ninguém mudar de canal porque, na sequência, Luiz Leite voltaria com mais novidades. Na madrugada anterior, alguns adolescentes tinham queimado um mendigo que dormia numa calçada.

Minha mãe assistia ao programa. Até que olhou para mim e disse, oi, Carlos, já chegou? Em seguida, puxou minha cabeça para o seu colo. Tentei evitar, mas ela insitiu. Deitei no seu colo, mesmo achando estranho fazer aquilo. E devo ter dormido.

14

Precisei demitir Teresa e a folguista também. É impressionante como o seu dinheiro vai embora rápido quando você está desempregado. Por mais que você faça cálculos e chegue à conclusão de que suas economias podem durar algum tempo, por mais que você economize em tudo que puder, há algum ralo, alguma boca de lobo, por onde a grana escorre e some sem que você perceba, diminuindo consideravelmente o tempo que o dinheiro aguentaria.

E eu nunca consegui economizar minha grana. Quando ganhava bem eu gastava muito e, quando meus salários caíram, também. Depois que minha mãe ficou doente, economizar deixou até de ser uma opção. Mesmo que quisesse, não dava para guardar dinheiro. Eu não podia, simplesmente, deixar de comprar os remédios, havia as dívidas do outro apartamento que eu continava sem conseguir alugar, e ainda considerava as enfermeiras muito importantes não só para a sobrevivência da minha mãe como também para a minha própria saúde. Não cogitava a hipótese de fazer o que elas faziam. Minha mãe era paciente das enfermeiras, o que permitia que elas tivessem um certo distanciamento profissional na história. Se eu assumisse as funções, esse trabalho que já era difícil se tornaria insuportável. Uma coisa é você levar uma paciente para cagar. Outra coisa é você ser filho de uma pessoa e depois ter que passar o papel higiênico no cu dela.

Quando o dinheiro começou a escoar rápido demais e eu percebi que precisava mandar as duas embora, minha cabeça virou monotemática. Só conseguia pensar no dia seguinte à demissão de Teresa e da folguista. Principalmente de Teresa, que ficava mais dias.

Eu não me sentia íntimo o suficiente da minha mãe nem para abraçá-la com força por mais do que dois segundos. Não lembro de ter falado que a amava, por vergonha de me ver dizendo essas palavras para uma pessoa de quem eu não conseguia me aproximar.

Quando era pequeno, lembro que ela me pedia para pentear os seus cabelos enquanto se arrumava para sair. Ela se sentava na cama, eu ficava em pé, apoiado em suas costas, e passava a escova, meio sem saco, querendo que aquilo acabasse logo. Ela só me liberava se o cabelo estivesse bem lisinho, não sem antes reclamar de dor quando a escova ficava presa em algum nó. Eu não sabia se realmente tinha machucado minha própria mãe ou se ela estava exagerando. Mas depois eu ficava na dúvida se, na verdade, tinha passado a escova de propósito em cima dos nós.

Era essa a pessoa de quem eu teria que cuidar sozinho. Minha cabeça virou um espaço livre onde as piores perguntas eram formuladas, uma atrás da outra, para mim mesmo. Eu vou ter que raspar o sovaco da minha mãe? Dar banho? Porra, como eu vou passar a mão com sabonete na boceta da minha própria mãe? Limpar a bunda, uma, duas, três vezes, até parar de vir merda no papel? Trocar a roupa, lavar a calcinha? Ensaboar os peitos? Durante o banho dela, eu vou me molhar todo, será que eu tiro a roupa também? Caralho, não dá para tomar banho pelado com a minha mãe. Vou cozinhar? E dar comida? E bebida? E limpar os pratos? E cozinhar de novo? Dar comida de novo? Limpar os pratos de novo? Preciso controlar os remédios dela? Claro. Os horários de todos aqueles remédios? Claro. Será que eu consigo limpar a casa direito até tirar o cheiro de mijo? Quantas vezes por semana terei que trocar a roupa de cama? E as fraldas? Toda vez que troca a fralda é preciso limpar a bunda, a boceta e a virilha da pessoa? Precisa botar talco e pomada em velho? Velho fica assado igual bebê? Por quanto tempo eu consigo sair de casa e deixar minha mãe sem ninguém? Será que amarro ela na cama? Amarrar alguém na cama por uma ou duas horas é maldade? Mesmo se essa pessoa puder se machucar caso não esteja amarrada? Aí, a maldade é amarrar ou não amarrar? No dia em que estiver muito cansado, posso pular o banho da minha mãe? Já que ela não sairá de casa, não visitará ninguém, não será vista num bar ou no meio da rua toda mulamba e fedida? Se nem ela mesma saberá que está suja, seria um problema? Se apenas eu a verei e sentirei seu fedor, ou seja, se apenas eu sou o prejudicado e o único a sofrer algum mal, então foda-se? Já que ninguém está vendo, sou eu que escolho entre o fedor e o cansaço? Se ela não me reconhece, será que pode dar algum escândalo enquanto eu estiver tirando sua roupa? Será que ela pode se debater, me socar ou me arranhar ao perceber que um estranho está dando banho nela e passando a mão por todas as partes do seu corpo? Como faço para estancar esse possível escândalo? E se for preciso estapear sua cara até que ela se acalme? Se eu estapeá-la para evitar que ela caia no chão do chuveiro, estou causando um mal ou evitando algo pior? Até que ponto insisto se ela não quiser comer? Qual é o estado de pré-vômito de uma pessoa? Ou será que insisto até ela vomitar? Vomitar é pior do que comer pouco? Como farei para sair de casa? Levo minha mãe junto? Saio de mãos dadas? Compro uma cadeira de rodas? Uma coleira? Será que nunca mais consigo comer ninguém? Nem puta? Que puta aceitaria vir aqui em casa e me dar nessas condições? E se eu fosse chamado para uma entrevista de emprego? Trancava minha mãe no quarto? No banheiro? Como descobrir se minha mãe sente dor se ela quase não fala? Como saber se ela está passando mal? Mãe, você quer ir para o hospital? Ela sabe o que é hospital? Sabe que é mãe? Passo o dia inteiro em silêncio ou tento conversar com ela? Adianta conversar mesmo se ela nunca responder? Se ela não entende nada, por que manter o aparelho de audição funcionando no seu ouvido?

Demiti primeiro a folguista. Mas o problema mesmo era demitir Teresa. No momento em que ela saísse pela porta, eu estaria sozinho ali. Ela representava o meu fim.

Antes do dia de sua demissão, fui ao supermercado e comprei uma caixa de uísque. Só o álcool me manteria no controle, sem passar ridículo, sem levantar o cobertor grosso que esconde da vergonha meu desespero pelado.

Comprei também uma caixa de Maxime. Impressionante como estavam cada vez mais baratos e em locais de menor visibilidade nas gôndolas. Em breve sumiriam, o mesmo destino daquele chocolate que imitava um cigarro e tinha, na embalagem, um menininho negro fumando ou comendo, sei lá.

Quando Teresa chegou, às oito da manhã, eu já tinha bebido meia garrafa de uísque, o que me colocava no ponto certo para o tipo de conversa que teríamos. Não deixei que ela trocasse de roupa nem que levasse minha mãe para o banho. Segurei seu braço e ela se encostou na bancada da pia da cozinha olhando meu copo de uísque. Eu estava sem camisa, a toalha enrolada no rosto, só com os olhos e a boca de fora.

— Teresa, preciso mandar você embora.

— Oi? — Vi que ela apertou o mármore com as duas mãos.

— Estou ficando sem dinheiro, não posso mais pagar você. Obrigado por tudo.

— Eu sabia que uma hora isso ia acontecer. — Ela continuava encostada na bancada, mas agora com os braços cruzados sobre a barriga.

— E é isso. Nem precisa trabalhar hoje. Não sei se você tem alguma coisa guardada aqui, então fica à vontade para ir lá no quarto. Pode se despedir da minha mãe também. Ela acabou de dormir.

Teresa desencostou da bancada, passando por mim na direção dos quartos. Enchi meu copo de uísque novamente. Não dava para ouvir o que se passava lá dentro. Em menos de cinco minutos, Teresa já estava de volta com uma pequena mala. Ela parou na minha frente como se esperasse alguma coisa de mim. Teresa jogou o molho de chaves na pia antes de sair. Não disse tchau, não me xingou. Ou talvez tenha falado que eu não prestava, o que já tinha acostumado a ouvir, que era péssimo patrão e filho, que não sabia se um idiota como eu era capaz de cuidar de uma velha doente, e que além de não me preocupar muito com a minha mãe, não ligava para mais ninguém, que as pessoas eram usadas por mim, que ela tinha família para criar e que eu estava pouco me lixando, que eu só pensava em mim mesmo, que agora estava ferrado porque ficaria sozinho, como sempre mereci estar. Não sei se ela falou isso tudo ou se apenas saiu.

Parte 2

1

Limpar o cocô do corpo da sua mãe não é a pior coisa do mundo. Na verdade, o pior é quando você deixa de limpar direito por alguns dias até ser inevitável tirar as crostas de merda que ficam grudadas na pele. É preciso esfregar. Eu uso uma esponja tipo aquelas Scotch Brite, que deixam a pele da minha mãe irritada até criar pequenas feridas. Se você não trata todo banho como uma busca séria pela limpeza total, essas cascas de cocô se escondem entre as dobras da pele. E não dá para imaginar a quantidade de dobras que uma pessoa de idade tem. A bunda, as coxas, tudo é fenda, tudo é cânion. Uma pressa, um nojo, uma ânsia de vômito e você deixa passar um cantinho onde a merda se petrifica e gruda firme como se tivesse velcro.

Minha mãe continuou trocando a noite pelo dia e os banhos agora eram sempre noturnos, o que dificultava ainda mais a minha visão. A luz nunca é suficiente. A água caindo, minha mãe no banquinho dentro do chuveiro, eu levantando um lado de sua bunda de cada vez e passando primeiro a mão, depois a unha e, por último, a esponja.

Shampoo demora a sair em cabelos compridos, a água nunca parece ser suficiente. Por isso, começava por aí. Ensaboava o cabelo, debaixo d'água. A primeira enxaguada e o grosso saía. Depois, eu seguia com o processo do banho e aos poucos o resto do shampoo ia saindo, escorria junto da água.

Ensaboar o rosto era a parte mais tranquila, só meus dedos de leve passando pela testa, ao redor dos olhos, o nariz. Eu me demorava um pouco mais porque era a única forma de adiar por alguns segundos o momento em que eu teria que me dedicar ao resto de seu corpo. Eu olhava minha mãe ali sentada nua, na minha frente. Os peitos iguais a todos os peitos de outras mulheres que eu era louco para ver, para chupar. Na verdade, não tão iguais porque já eram muito caídos, os mamilos quase umbigos, espalhados ao lado do abdome. As últimas dobras da barriga escondiam o começo dos pentelhos brancos. Sim, brancos. Puta que pariu. Eu esticava seus braços na altura dos ombros, ensaboando até chegar aos dedos das mãos. Tórax, barriga, mas nunca os mamilos. Os mamilos eu não conseguia ensaboar, principalmente se estivessem duros. Ali, era só água e sabão escorrendo.

Os pés, as dobras das coxas. Depois a bunda. Primeiro, deixava bastante água cair e fazia muita espuma nas mãos. Mas quando você começa a limpar lá dentro da dobra, não há escapatória: uma hora você sente nos dedos o cu da sua própria mãe. E aí, por mais que você tente pensar em pôneis felizes cavalgando por campos verdes, crianças cantando músicas de Natal ou qualquer outra coisa fofa, você saberá sempre que, naquele momento, é o cu da sua mãe que você está tocando. O mesmo acontece com a boceta, que eu nem olhava. Era apenas a minha mão que fazia o trabalho enquanto eu virava a cabeça em outra direção. O problema é que os dedos tem olhos ou uma espécie de memória conectada ao cérebro. Pelo toque, você sabe do que se trata e na mesma hora vem na sua cabeça uma sequência de imagens de bocetas variadas.

Às vezes, pelo menos, o banho se estendia ou precisava ser recomeçado porque minha mãe cagava. Não havia fralda nesse momento, claro, e muito menos controle por parte da minha mãe ou noção de horário ideal para fazer cocô. Às vezes acontecia enquanto ela estava dormindo na cama, às vezes durante o dia no sofá. Mas também podia acontecer mais para o final do banho, quando eu já havia limpado a bunda e as dobras de sua perna. O cocô se espalhava pelo banquinho de plástico, pelo piso do chuveiro e nunca descia totalmente pelo ralo. Uma parte sempre precisava ser resgatada, minhas mãos protegidas por papel higiênico molhado. E depois eu recomeçava a limpar tudo, o segundo banho seguido do primeiro.

Há certas coisas a que você se acostuma quando passa a fazer com frequência. Mas, para mim, aqui é a frequência que mata. É saber que todo dia terei que passar pelo mesmo processo, as mesmas visões e pensamentos impossíveis de evitar. Barriga, braços, pernas, cu, boceta. Barriga, braços, pernas, cu, boceta. Todo dia.

Eu ficava de sunga e já aproveitava para tomar meu banho na sequência, antes mesmo de secar a minha mãe. Sempre procurei ser rápido. Mas minhas mãos precisavam de tempo para ficarem limpas. São três vezes água, mais sabão. Até a mão ficar vermelha, a pele bem lisa, fina e seca. Meu cheiro reconhecível nos dedos, mesmo que por alguns segundos, até que o chuveiro fosse desligado e, de volta ao mundo que exista do lado de lá do blindex, o fedor de mijo que dominava a casa chegaria ao meu nariz. Até que eu corresse para enrolar mais uma vez uma toalha ou uma camiseta em volta do rosto. Respirando um ar preso, mas menos fedorento. Usava então uma segunda toalha para me secar e uma terceira para enxugar minha mãe.

2

O ataque dos pombos, que eu já tinha presenciado, virou diário. Agora era toda madrugada. Pombos, tira os pombos daqui, minha mãe berrava na janela, os pés batendo com força no chão, um depois do outro, um depois do outro, até a vizinha de baixo reclamar, me deixando em dúvida entre atender o interfone ou evitar que minha mãe gritasse mais e quem sabe se tacasse da janela, voando atrás dos pombos, heroína.

A vizinha de baixo passou a reclamar com tanta frequência que eu já sabia que ela interfonaria uns trinta segundos antes do aparelho apitar. Mãe, por favor, para de gritar, não tem pombo nenhum aqui. Pombo, pombo. Interfone. São três da manhã, Eduardo, que vida infernal, não se pode mais dormir nesse prédio, você e sua mãe são loucos. Minha mãe, infelizmente ficou mesmo, o que você quer que eu faça? Quero que vocês me deixem dormir. Pombo, pombo. Para, mãe, eu com o interfone encostado no peito como se pudesse evitar que a velha do andar debaixo ouvisse os berros. Pombo, pombo. Olha, minha senhora, farei o possível, mas não é tão simples assim controlar uma pessoa doente, você sabe. Olha, não quero ouvir explicações, quero dormir, você vive num prédio, com regras de convivência entre os condôminos, e entre elas está o silêncio depois de certa hora, coisa que você e sua mãe não respeitam, não importa a minha idade, o meu cansaço. Entendo o seu cansaço, senhora, todos nós precisamos dormir. Então faça sua mãe parar. Já disse que não é tão simples, olha, preciso ir.

Minha mãe agora chamava por Teresa. Teresa, Teresa. Eu cheguei perto, falando baixo no seu ouvido para que ela se acalmasse. Mãe, eu estou aqui com você, não tem pombo nenhum. Teresa, cadê a Teresa. Eu era um nada, embora estivesse lá o tempo todo. Era só Teresa, Teresa, cadê a Teresa. Os pombos vão entrar pela janela. Os pombos. Joga água neles. Os pombos ali na janela. Mãe, vamos para a sala ver televisão. Vamos. Vamos. Não grita. Mas os pombos. Calma, está tudo bem. Joga água nos pombos.

Busquei um balde na cozinha, daqueles de faxina, e enchi até a metade. A água pesou no plástico, a alça quase furava minha mão. Voltei correndo até o quarto. Pombo, pombo, joga água no pombo. Abri a janela. Pombo, pombo. O pombo vai entrar. Joga água no pombo. Joga água no ninho do pombo. Virei todo o balde onde não havia pombo nenhum, só o ar, os andares de baixo e, muito longe, o chão. A água raspou o prédio, se dividindo em pingos até estourar na calçada.

O interfone de novo. Seu maluco, molhou a minha casa. Molhei nada, minha senhora. Molhou, eu vou chamar a polícia, vocês são infernais. Chama a polícia então. Eu vou chamar mesmo. Senhora, não me encha o saco, porra, se ligar mais uma vez, uma vezinha só na vida, eu desço aí e cubro a senhora de porrada até não poder mais, até que a senhora morra. E desliguei e foda-se. Velha escrota do caralho. Tomara que pegue um câncer, hemorroida crônica, hérnia de disco.

Minha mãe acalmou ao perceber que os pombos foram mortos pelo balde d'água e finalmente conseguimos ir para a sala ver um programa qualquer na TV enquanto comíamos chocolates Maxime e eu bebia uísque e fumava. Embora fizessem com que minha mãe cagasse mais e pior, os chocolates tinham uma função terapêutica. Ela se distraía aos poucos, a respiração voltava ao normal, os olhos menos para os lados e mais na direção da TV. Come chocolate, mãe, isso, come chocolate. Foi seu filho que fez, ou quase isso.

Mais um copo de uísque, outro cigarro. De madrugada os canais reprisam não só os mesmos programas, mas os mesmos episódios dos mesmos programas. Era como se fosse sempre o mesmo dia, o mesmo ataque dos pombos, os mesmos chocolates e uísques e cigarros. Nós dois dormimos no sofá, já de manhã.

3

Recebi uma proposta para fazer um freela de trinta dias numa agência pequena. Queriam que eu cobrisse as férias de um redator qualquer. Bem qualquer, pelo salário que me ofereceram. A grana era tão ridícula que, se eu aceitasse o emprego, não pagaria nem o mês da enfermeira que eu teria que contratar para a minha mãe durante aquele período. Agradeci a proposta, mas disse que não podia aceitar, que já tinha outra coisa em vista, fechada.

Mas assim que desliguei, me bateu a certeza de que tinha perdido uma grande oportunidade de criar algo digno para a minha carreira. Fiz uma força grande para lembrar o nome da agência e do sujeito que tinha entrado em contato comigo. Pesquisei o telefone na internet, servi meu primeiro uísque do dia. Bebi dois copos, fumei um cigarro, e já me sentia muito bem antes mesmo de digitar os números no aparelho. A certeza da vitória antes do jogo começar, a volta da confiança que tive durante os primeiros anos da minha carreira. Eu estava de volta. O velho Eduardo estava de volta.

Dava para sentir a alegria na voz do sujeito quando liguei de volta. Deve ter me chamado de Dudu e tudo, ou pelo menos pensou em me chamar assim para demonstrar intimidade ou até poder. Impressionante como as pessoas se sentem íntimas de todo mundo quando estão por cima.

Que bom que você ligou de novo, Eduardo, fico feliz por você ter reconsiderado a proposta, pode ser uma grande oportunidade para você e para a agência, claro. Pois é, reconsiderei sim, acho que tinha realmente perdido a oportunidade de mandar você para a puta que o pariu, seu merda. Como assim, Eduardo? Como assim? Você está exaltado. Você ainda não me viu exaltado, seu filho de uma puta, você tem a coragem de me ligar com uma proposta dessa, um salário ridículo, sabe quem eu sou?, sabe quem eu sou?, conhece o meu trabalho?, há quantos anos eu estou no mercado?, sabe quantos chocolates Maxime sua mãe já comprou para você porque eu criei aquela campanha?, aí você tem a cara de pau de pegar o telefone e vir com essa proposta. Olha, Eduardo, eu ofereci uma oportunidade para você. Você chama isso de oportunidade? Dê o nome que você achar melhor, Eduardo, só exijo que me trate com respeito. E você teve algum respeito por mim quando me fez essa proposta de freela? Era o que eu tinha para oferecer. Então pegue esse dinheiro que você tinha para oferecer, enrole bem enrolado e enfie bem fundo no seu cu.

Desliguei. O terceiro copo de uísque desceu bem.

4

Passei a dormir na mesma cama que a minha mãe, ela de costas para mim, eu com os braços em volta de seu corpo. Assim, eu podia ficar mais tranquilo caso ela acordasse, sabendo que sentiria qualquer movimento seu, antes mesmo que ela saísse da cama para fazer alguma coisa.

Ela se levantava muito e eu não conseguia relaxar, imaginando que se eu vacilasse por alguns segundos, minha mãe podia estar fazendo merda na sala ou pior, na cozinha, na janela. É impossível dormir, mesmo poucos minutos, quando você luta para permanecer atento. O corpo simplesmente não desliga se você tenta, ao mesmo tempo, dormir e continuar acordado. Parece lógico, mas não há muita lógica quando se está há horas sem pregar os olhos, o corpo cansado e a cabeça mais exausta que o corpo.

Achei melhor me mudar para o quarto da minha mãe porque lá o colchão já estava forrado com o plástico para o xixi da madrugada. Era mais apertado por ser uma cama de solteiro, mas preferi o aperto a correr o risco de, na manhã seguinte, meu colchão acordar encharcado de mijo. Já me bastava o cheiro da casa, que piorava todos os dias, apesar da toalha embebida de perfume que eu mantinha no rosto o tempo todo.

Percebi que ela tem um leve ronco, muito parecido com o meu, que some e volta durante o sono, não importa se estamos virados de lado, de bruços ou de barriga para cima. Irrita um pouco. Quando ela vai dormir, eu tiro seu aparelho auditivo e coloco na mesinha de cabeceira e ela não me escuta quando digo que está roncando. Ou talvez escute e não entenda. Ou escute e cague para o que eu estou dizendo, continuando a dormir bem e profundamente. Mãe, você está roncando. Mãe, mãe, me ouve.

O ronco só para por vontade própria ou quando minha mãe decide, sem avisar, que já fez barulho suficiente, durante um bom tempo. É quando finalmente eu consigo relaxar mais um pouco e tento dormir logo, preciso dormir, preciso dormir, preciso dormir, antes que ela acorde, antes que o ronco volte.

5

Quem é você? Quem é você? O que está fazendo na minha casa?, minha mãe passou a me perguntar quando me via de manhã. Sou seu filho, mãe, Eduardo. Lembra de mim? Ela afastava o rosto, como se não quisesse me ver, me olhando de lado, a boca torta, as narinas abertas de raiva e medo.

Sim, a raiva substituiu aos poucos a ausência. Ou convivia com ela, trocando os papéis em momentos diferentes durante os dias. O silêncio só era quebrado por perguntas que pareciam acusações. Quem é você? O que está fazendo na minha casa?

A casa não era dela, nunca foi. Na verdade, sequer frequentou muito o meu apartamento antes de se mudar para cá definitivamente, quando já não podia reconhecer essa ou qualquer outra casa como se fosse sua.

A agressividade, então, era ainda mais estranha. Minha mãe nunca foi de me dar bronca, mesmo quando eu era criança e fazia aquelas merdas que as crianças fazem. Ou mesmo quando cresci e, de vez em quando, desaparecia de casa por dois dias seguidos sem dar notícias porque tudo que pensava era foder sem parar uma mulher nova que tinha conhecido por aí.

Mãe, sou eu, Eduardo. Sou seu filho. Lembra? Você está na minha casa, mora comigo agora, eu insistia pacientemente, tentando quebrar o medo para atingir, por fim, a raiva. O que você está fazendo na minha casa? Cadê o meu pai? Cadê ele? Sai daqui. Sai da minha casa. Eu encostei no seu braço, um carinho curto nos pelos finos. Me larga, ela gritou. Quem é você? Sai daqui? Me larga. O medo vencendo a raiva.

Saí do quarto, esperei o tempo que me pareceu suficiente para que ela voltasse ao buraco onde vivia, o lugar em que eu não era ninguém. Não era seu filho, mas também não era um desconhecido prestes a maltratá-la. Bebi um shot de uísque na cozinha, lavei as mãos e o rosto. Abri a porta novamente.

Quem é você? O que está fazendo na minha casa? Eu vou chamar meu pai e ele vai lhe dar uma surra. Cadê meu pai? Quem é você?, minha mãe se sentou na cama, as mãos na frente do rosto, escondendo os olhos. O pavor, o pavor.

Mãe, calma. Me escuta. Sou seu, seu filho, Eduardo. E então ela gritou, não uma palavra ou uma frase, mas qualquer coisa que fosse alta, estridente, que fizesse a vizinha debaixo escutar. Foda-se essa merda. Bati a porta, cobri ainda mais o rosto com a toalha embebida de perfume. Acendi um cigarro e voltei ao uísque que me esquentou o esôfago, como se fosse um grito para dentro, só meu.

6

Cadê o meu pai? Cadê o meu pai?, embora não me reconhecesse, minha mãe acreditava que eu conhecia todo mundo. Seu pai está na casa dele, mãe. Na casa dele? Isso. Onde ele mora? Em Copacabana. Ah, Copacabana.

Ela voltava ao silêncio, que podia durar segundos ou dias. Até que arregalava os olhos, como se tivesse acabado de se lembrar de algo. E as mesmas perguntas voltavam como novidade.

Cadê meu pai? Está na casa dele, mãe. Na casa dele? Isso, em Copacabana. Copacabana, é? Isso, Copacabana. E ele está bem? Está ótimo. Que bom, amém, amém, amém, depois você me leva lá? Levo. Para visitar ele? Levo. Amém, amém, amém.

O silêncio de novo. A tortura desse silêncio é aguardar indefinidamente pelo seu fim, sem saber o momento em que surgirão outros assunto ou uma série de perguntas que não podem ser respondidas senão através de mentiras leves, um tratamento infantil a alguém bem mais velho do que você, como se essa pessoa tivesse a inocência dos que não viveram nada, prontas para acreditar em tudo. E de repente você se vê falando com a voz mais alta e as palavras pausadas, como se uma boa dicção ajudasse um cérebro quase morto a entender direito o que, na verdade, nunca será absorvido, mesmo que você repita um milhão de vezes, por horas, dias e meses. Qualquer resposta será nova, qualquer resposta será esquecida. Toda pergunta é a primeira. Sempre. Nenhum sofá estava lá no dia anterior, nenhum vaso de planta, uma roupa, um risco no piso de madeira da sala.

Quero voltar para a minha casa. Essa é a sua casa, mãe. Quero voltar para casa, me leva? Mãe, você mora aqui. Eu moro aqui? Mora. Bonita essa casa. Gostou? Bonita essa casa. Então, ela é sua também. Quero voltar para a minha casa. Mãe, essa aqui é a sua casa agora, não lembra? Bonita essa sala aqui, amém, amém, amém. Sim, é bonita. Quero voltar para casa. Tudo bem, mãe, depois eu levo você para a sua casa. Leva? Levo. Amém, amém, amém.

7

Minha mãe continua roncando e, a cada dia, o ronco me parece mais alto. Quando consigo dormir, não importa se é noite ou dia já que me perdi completamente nos horários, evito levantar da cama até o limite do possível.

A primeira vez que me mijei, foi dormindo. Sonhei que estava no banheiro, liberei a bexiga e, tarde demais, percebi que tinha me mijado todo. A vantagem de deitar na cama da minha mãe é que o colchão já está forrado de plástico e, fora a minha roupa, nada fica muito molhado.

E a partir dessa descoberta, relaxei e preferi me mijar a ter que levantar da cama e ir até o banheiro justamente nos momentos em que consigo algumas horas de sossego. Continuo dormindo e pronto. Às vezes, nem dormindo estou, basta um cochilo ou simplesmente a preguiça. Faço o xixi ali, o quentinho se espalhando pela bunda, pelo começo das costas. Fico molhado até que meu sono acabe ou seja interrompido pelo ronco da minha mãe ou quando ela resolve levantar e redescobrir a casa em que está ou quando ressurge a briga com os pombos ou sua vontade de zapear indefinidamente por todos os canais da TV.

Cheguei a experimentar em mim uma fralda geriátrica que minha mãe usa. Dormi uma noite com ela por baixo do short do pijama, mas achei esquisita a textura do material que encostava no meu pau. Um toque fino demais, leve, como se fosse a pele de outro pau raspando no meu. E o elástico aperta demais a coxa. Só volto a usar a fralda se um dia decidir que também cagarei deitado na cama, o que por ora ainda é uma possibilidade remota. O mijo, foda-se, vai direto no pijama e no lençol mesmo.

Na verdade, nem troco a roupa de cama todos os dias. Se ela já estiver seca quando me levanto, apenas estico o lençol e pronto, segue o jogo. Meu mijo não tem o cheiro forte que o da minha mãe tem. Digo isso com segurança porque respiro forte próximo à mancha de xixi e raramente sinto alguma coisa. Posso ver, mas não há cheiro. É como se o ambiente inteiro continuasse tomado pelo fedor da minha mãe mas ali na área formada por aquela mancha, eu conseguisse delimitar o único local puro da casa.

Talvez, se eu saísse mijando por todos os cômodos, fosse possível anular o cheiro do xixi da minha mãe. Chão, sofás, paredes, cortinas, os pés dos eletrodomésticos, mesa de centro, tapetes, os rejuntes dos tacos de madeira do piso, os armários, o fogão. Tudo desinfetado e limpo pelo meu mijo.

8

Pombo, mais um pombo. Os pombos vão entrar pela janela. Mais um, mais um. Minha mãe me acordou gritando. Eu estava no meio de uma foda, já que só como gente durante meus sonhos. Uma loira que eu não conhecia, ou que pelo menos eu não me lembrava de ter visto alguma vez na vida, me pagava um boquete com a intimidade de uma sommelier de pica. Eu estava de pau duro, ainda deitado na cama, quando vi minha mãe berrando na janela. Calma, mãe, não tem pombo nenhum. Pombo, outro pombo.

Perdi para sempre a imagem da loira, esqueci como era seu rosto me olhando de baixo para cima, sua língua me chupando em lentos semicírculos. Tudo que tinha agora era a minha mãe de camisola, o contorno do seu peito caído no contra-luz da janela, seus gritos. Pombo, pombo. Mãe, fica quieta, não tem pombo nenhum, pelo amor de Deus.

Ela abria e fechava a janela com força, abria e fechava, abria e fechava, o alumínio e o vidro se chocando. Xô, xô, sai pombo. Xô, sai pombo. Mais um pombo, mais um pombo.

Mãe, mãe, me escuta. Ela não me olhava. Abre e fecha a janela. O vidro treme como se também gritasse. Pombo, pombo. Xô, xô. Janela batendo, janela batendo. Pombo, pombo. Meu pau desinchava aos poucos, mais lentamente do que eu queria, para que eu pudesse sair da cama e acabar com aquilo. Sai, pombo. Mais um pombo, sai, sai. Mãe, mãe, para com isso, não tem pombo nenhum.

Assim que meu pau amoleceu, saí da cama e tentei segurar a janela antes que ela batesse mais uma vez. Mas minha mãe continuou o movimento e tudo que senti foi minha unha sendo esmagada no batente. Não sei como não quebrei o dedo indicador, mas a unha se fez em dois, um corte dividiu a carne, a ponta pendurada e morta. Pombo, pombo, sai. Xô.

Joguei minha mãe na cama com toda a força criada pela raiva e pela dor. Porra, fica quieta, sua velha maluca do caralho, não tem pombo nenhum aqui. Puxei minha mãe pelo braço para fora da cama de novo, pressionava seus peitos contra o batente, empurrando sua cabeça para fora da janela. Está vendo algum pombo aqui, porra? Está? Fica quieta, pelo amor de Deus, para de berrar. Olha o que você fez com o meu dedo. Olha o meu dedo. Vai deitar e fica quieta. Pombo, pombo, ela disse um pouco mais baixo, já encolhida na cama. Isso, deita e fica quieta, porra.

Corri até o banheiro, deixei correr a água da pia no dedo que latejava. A ponta do dedo meio solta. No meio do machucado, um pedaço branco que eu não sei dizer se era osso. Sentado na privada, enrolei o dedo com papel higiênico, fazendo pressão para estancar o sangue. O único som que eu ouvia era dos últimos pingos da torneira que eu tinha acabado de fechar. Os pombos pareciam ter deixado minha mãe em paz ou passaram a ser menos assustadores do que eu.

Voltei para o quarto, onde minha mãe continuava deitada, abraçando as pernas. Desculpa, mãe, desculpa, disse já sentado a seu lado mas sem conseguir abraçá-la. Não tenho certeza se ela ouviu.

A vizinha de baixo não interfonou dessa vez. Aliás, nunca mais ouvi sua voz.

9

Os chocolates Maxime estão cada vez mais baratos. Nunca mais fizeram propaganda depois do lançamento criado por mim. Devem ter acreditado que a campanha sustentaria a marca por anos, o que de fato aconteceu. Mas chega uma hora que, por mais brilhante que o comercial seja, as pessoas esquecem da marca, passam a preferir alguma outra novidade. A propaganda nem sempre consegue convencer alguém sobre a qualidade de um produto. Mas a ausência de propaganda faz com que as pessoas no mínimo desconfiem de uma marca. Se não está na TV, se não está nos jornais, deve ser pior do que uma outra marca que está. O paladar dos consumidores muda também, é verdade. Os Maxime são muito doces, um pouco enjoativos até, e os chocolates de hoje não são tanto.

De qualquer forma, para mim e para a minha mãe, essa é uma boa notícia. Os chocolates Maxime se transformaram na nossa dieta básica. Quando vou ao supermercado, compro uísque, chocolate, cigarro e pronto. Assim, posso gastar um pouco mais com o Red Label, que nessa minha fase, ao lado dos cigarros, é o que mais importa. Não só por ser uma bebida e ter seus efeitos óbvios, mas também por outras vantagens que surgiram no improviso.

Depois que meu perfume acabou, comecei a usar o uísque para molhar a camisa ou a toalha que eu enrolo no rosto para diminuir o cheiro de mijo que eu sinto pela casa. Além disso, passei a derramar Red Label no meu dedo esmagado pela janela do quarto. Agora, há pus em meio ao vermelhidão do inchaço. A cada vez que eu desenrolo o papel higiênico do curativo, meu dedo parece maior, mais gordo. Eu então viro o uísque na ferida e dou um gole, no gargalo mesmo. Repito essa sequência de movimentos até sentir que a dor começa a ceder. Molho mais um pouco o dedo, bebo outro gole e então é hora de refazer o curativo. Algumas voltas de papel higiênico pressionando as pontas do corte aberto.

O uísque, no entanto, funciona mais como anestésico do que como um remédio e o machucado não melhora nunca. A cada dia, há mais pus, o dedo fica maior, uma massa desforme preta, vermelha, verde, branca, sem unha.

10

Você não me contou que a minha mãe ainda falava tanto, disse ao telefone para Teresa. Desde que ela tinha saído lá de casa, nos falávamos só de vez em quando. Nunca pedi ajuda no desespero dos primeiros banhos, que aprendi a dar na marra, nem quando minha mãe se recusava a comer, cuspindo de volta a papa que eu servia.

O que me surpreendeu foi minha mãe falar mais do que eu imaginava. Era como se ela tivesse quebrado uma espécie de pacto. Ok, cuido de você, dou banho, troco de roupa, cozinho seu jantar, mas em troca quero um mínimo de paz. Não precisava me chamar pelo nome, mas também não era justo que eu fosse obrigado a ouvir minha própria mãe me chamando de Carlos, de Rafael e nunca, nenhuma vez sequer, de Eduardo. Havia também os ataques dos pombos, a berraria que ela protagonizava até que eu jogasse um balde d'água pela janela.

Meu dedo estava cada vez mais inchado, percebi quando tive dificuldade para digitar os números do telefone de Teresa. Tinha a largura de dois dedos juntos e continuava latejando. O corte era tão feio da última vez que fiz o curativo, que preferi ficar uns dias sem mexer. Deixei o mesmo papel higiênico enrolado, já mais rosa e verde do que vermelho. E derramava uísque em cima pelo menos de oito em oito horas, igual prescrição de antibiótico.

Mas a sua mãe não fala muito, Eduardo, Teresa respondeu com algo próximo à empatia, o que era um pouco além de ser apenas educada. Porra, não?, disse parecendo surpreso, enquanto puxava a fumaça do cigarro. O que ela tem falado? Me pede para levá-la para a casa dela, depois diz que a minha casa é muito bonita, que mora aqui agora, depois diz que quer ir para a casa dela de novo, me chama de Carlos, pergunta cadê a Teresa, me chama de Rafael, diz que os pombos vão invadir a casa, para eu jogar água nos pombos. Que mais? Que mais o quê? Que mais a sua mãe fala? É basicamente isso, respondi depois de pensar por três segundos. Só isso então? Você acha pouco? Eduardo, são basicamente quatro coisas. Sim. Ela fala essas quatro coisas várias vezes, repetidamente, durante os dias? Não, tem dia que sim, tem dia que ela não diz nada. Então não é muito. É mais do que eu imaginava que ela falasse, Teresa. Mais do que você imaginava ou mais do que você queria? Acho que se eu pudesse classificar isso tudo como conversas, ok, não seria muita coisa, mas não há interação nenhuma entre nós dois, ela fala, eu respondo, ela não escuta ou não entende, fala de novo, às vezes a mesma coisa, às vezes outra coisa que não tem nada a ver com o que tinha dito anteriormente, tem dias em que ela está agressiva também, grita dizendo que não me conhece, quer me expulsar de casa, é sempre uma surpresa, quando ela abre a boca pode sair qualquer coisa. Eduardo, há bastante tempo já é assim. Quando você trabalhava aqui, ela falava menos. Não, quando eu trabalhava aí, você nunca estava em casa.

Mexi os gelos do uísque com o dedo machucado e virei a dose inteira. Servi outra, girei novamente as pedras de gelo. Abri uma caixa de chocolates Maxime e sentei ao lado da minha mãe no sofá. Ofereci um chocolate que ela comeu sem virar os olhos na minha direção. Ela deu uma tossida, num engasgo leve. Virei um pouco de uísque na sua boca e ela bebeu sem resistência. Diluí bastante o gelo até que a bebida ficasse um amarelo bem clarinho, mais com cara de chá do que de uísque, e fiz com que minha mãe bebesse o resto todo da dose. Quando ela terminou, acendi mais um cigarro e fumei enquanto a observava.

11

Alguns dos remédios que minha mãe precisa usar: Memantina cento e oitenta reais, em média, Eranz trezentos e quarenta e cinco, Rivotril vinte e cinco. Só aí, já são mais de quinhentos reais em remédios para uma doença incurável, com a desculpa de trazer um certo conforto para um tipo de doente que jamais se sentirá confortável simplesmente porque é incapaz de distiguir qualquer coisa, inclusive o que é ou não é conforto.

Consigo encontrar garrafas de Red Label por oitenta reais, mas como minha mãe não tem muita preferência por marca de uísque, pelo menos nunca soube de nenhuma, compro Red Label para mim e, para ela, escolho alguma garrafa que está em promoção no dia. Já comprei Teacher's por uns cinquenta, Old Eight dá para encontrar por menos de trinta. Drury's também, mas Drury's e Bell's eu já acho meio ruim demais, mesmo para quem não entende nada da bebiba.

Colocando na ponta do lápis, numa conta fácil, gasto com as garrafas muito menos do que com os remédios. E são garrafas de um litro que, se administradas em doses modestas e pensadas, podem durar mais do que um mês. Também não sou louco de dar copos cheios até a borda para a minha mãe. Basta uma dose tradicional, sem chorinho, para que ela já fique mais calma ou continue tranquila, caso já estivesse.

Não substituí os remédios da minha mãe pelo uísque de uma vez só. Fui testando. Deixava de dar o remédio um dia e trocava por uma dose cowboy a cada oito horas. Dia sim, dia não. Depois aumentei para um dia remédio, dois dias uísque. Até que os remédios passaram a ser claramente dispensáveis e minha mãe toma três daqueles copinhos de shot por dia. Manhã, tarde e noite.

Sempre bebo um copinho ou dois junto da minha mãe, enquanto fumo um cigarro. Ela acaba mais rápido porque faço ela virar suas doses de uma vez só, igual remédio. Eu continuo tomando, aguardo o gelo derreter um pouco, dou outro gole, até que meu dedo inchado acalme um pouco.

12

Tenho escutado o tempo todo o apito do aparelho de ouvido da minha mãe. Mesmo quando ele está desligado ou quando coloco o volume da televisão no máximo. Não sei se esses aparelhos trabalham em outra frequência e o barulho consegue driblar os sons mais graves ou mesmo mais altos. É igual a pernilongo, que mesmo tendo a casa toda para voar, prefere entrar no seu ouvido.

Às vezes, quando estou com muito sono, tiro a borrachinha do ouvido da minha mãe e desligo o aparelho. Mas continuo escutando um zumbido bem fino. Será que é só dentro da minha cabeça? É que ele parece tão real. Tento disfarçar, penso em amenidades, lembro de gostosas que comi, me concentro no programa que está passando na TV. Mas não adianta.

Recorro então ao uísque. Giro as pedras de gelo com força para tirar delas mais o barulho do que a água, engulo com força, sinto o líquido passar próximo ao ouvido. O apito, no entanto, sobrevive. Só morre afogado quando bebo tanto que acabo desmaiando.

O aparelho de ouvido da minha mãe tem feito com que eu beba mais, muito mais. O que não é um problema por causa da ingestão cavalar do álcool em si, mas porque o estoque vai diminuindo rápido.

Junto do estoque da bebida, o dinheiro que me resta também cai diariamente, mais depressa do que eu podia imaginar. E olha que nunca fui muito otimista nesse sentido.

Em breve, terei que sair do Red Label e baixar para um J&B ou White Horse. E o caminho natural é que, mais cedo ou mais tarde, eu tenha que beber o mesmo uísque que hoje sirvo apenas para a minha mãe.

Só não posso abrir mão dele. O uísque é hoje, sem dúvida, minha maior necessidade. Acredito que mais até do que o cigarro. Aqui em casa, o uísque é usado para molhar a camisa que amarro em volta do meu rosto, é o remédio da minha mãe, o desinfetante do machucado que tenho no dedo e a única forma de conseguir diminuir o zumbido do aparelho de ouvido.

Quando fico preocupado, preciso beber. Adio o problema para quando estiver sóbrio.

13

A dieta à base de uísque e chocolates Maxime teve um efeito drástico sobre o intestino da minha mãe. Agora, ela vai mais vezes ao banheiro. Pelo menos três vezes no dia, percebo que ela se cagou. A quantidade, no entanto, não chega a ser o pior. O problema é que a consistência de seu cocô mudou para pastosa e, de vez em quando, para líquida também.

É preciso passar inúmeras vezes o papel higiênico nela e, mesmo assim, parece que a merda nunca vai terminar. Sempre vem um risco de sujeira, por mais fino que seja. A lixeira fica cheia até a boca de papel. E a bunda da minha mãe começa a assar. Fica rosa no início, mas no fim do dia, conforme vou limpando, já está bem vermelha.

A primeira vez que saiu sangue me fez repensar a estratégia. Para não machucá-la mais, passei a pular uma limpada de bunda. Ou seja, quando minha mãe caga pela segunda vez no dia, eu não faço nada. Ela continua suja, por pior que seja o cheiro, até fazer o terceiro cocô do dia quando, aí sim vamos até o banheiro.

Houve dias em que pulei duas vezes a passada de papel higiênico. Deixei que ela dormisse cagada, mas o cheiro ficou insuportável demais e não me deixou dormir. Além do mais, a fralda já não conseguia dar conta e começava a vazar pelos lados, principalmente quando o mijo diluía ainda mais o cocô. Por isso, desisti de deixar a fralda trabalhar por tanto tempo sem a minha ajuda e o máximo que eu faço é pular uma cagada.

O cheiro é impressionante e cada vez mais insuportável, fedor de merda misturado ao de mijo. Não há um espaço da casa em que é possível se esconder, não há uma respirada pura, livre. Mesmo com a camisa enrolada no rosto, o cheiro está ali o tempo inteiro, todos os dias. Eu quase podia ver o cheiro no ar.

Pelo menos minha mãe parou de sangrar e sua pele não fica mais em carne viva. Podia haver uma assadura aqui e ali, mas era diferente de uma ferida aberta. Consegui diminuir também a quantidade de fraldas geriátricas que eu precisava comprar e são tão caras quanto eram os remédios, se você for colocar na balança o fato de que eu precisava usar três unidades por dia. E, no fundo, eu fiz uma opção: cheirar mais merda a ter que limpá-la.

14

Decidi testar se meu mijo realmente tinha o poder de anular o fedor da casa. Para mim, ele continuava a não ter cheiro nenhum. Segui fazendo xixi na cama diariamente, cheirava a mancha molhada logo ao acordar e nunca senti nada. Mas talvez fosse impressão minha.

Na cozinha, havia um pano no chão, próximo ao armário que ficava sob a pia. Mijei em cima desse pano, que já estava meio sujo, o suficiente para que ficasse todo molhado, sem nenhuma parte seca. Respirei fundo, próximo ao tecido e, conforme o esperado, não havia cheiro de nada. Segui até o quarto da minha mãe, que estava acordada, os olhos abertos em direção ao teto. Ela nem se mexeu quando aproximei o pano mijado do seu nariz e o mantive lá por alguns segundos. Está sentindo alguma coisa, mãe? Mãe?

Voltei feliz para a sala. Bebi em sequência dois copos de uísque com bastante água e esperei a vontade de mijar surgir novamente. E, sentado no sofá, já podia imaginar o meu xixi por toda a casa anulando em cada canto o cheiro que minha mãe impregnou desde que veio para cá. A sala com cheiro de sala, os quartos com cheiro de quarto, o ar fedendo a nada. Se realmente funcionasse, eu poderia até parar de usar a camisa enrolada ao redor da cabeça.

Quando estava estudando se meu dedo machucado havia aumentado ainda mais de tamanho, uma pressão na uretra me indicou que era hora de mijar. Esqueci do dedo podre, a dor sumiu. Subi no sofá, as calças no joelho. Lá de cima, comecei a mijar no chão, jato para a direita, jato para a esquerda, longe enquanto havia força. Os últimos pingos já mais próximos do sofá, alguns no tecido das almofadas.

Deitei relaxado, com um cigarro pendendo na boca, para aguardar o efeito mágico do meu xixi. Minha casa minimanente de volta ao dono. Desamarrei a camisa do rosto. Depois de muito tempo, voltava a respirar com o nariz livre.

15

Depois da sala, segui mijando no chão dos quartos, da cozinha e do banheiro, nas cortinas e onde mais houvesse tecido para reter o líquido por mais tempo, nos móveis de madeira, incluindo os armários de roupa.

O cheiro não cedeu rapidamente, como eu imaginava. E nos dias seguintes, me concentrei apenas em fazer xixi pela casa toda. Bebi mais do que o normal, não só uísque, mas água também. De cinco em cinco minutos, precisava me aliviar em algum canto.

Quero voltar para a minha casa para ver o Carlos, me leva lá?, minha mãe insistia enquanto eu, ao seu lado e de pau para fora, mijava no chão da sala. Quem é você? Quem é você? O que está fazendo na minha casa? Estou tirando o cheiro que você entranhou aqui, que eu jurava que era para sempre. Bonita essa casa, o Carlos precisa conhecer. Mãe, para de falar um pouco, está tirando a minha concentração aqui, preciso descobrir os lugares que ainda estão secos, onde ainda não fiz xixi, são esses lugares que ainda mantém o seu fedor. O que você está fazendo aqui na minha casa? Porra, já falei, pelo amor de Deus, você não me escuta, já falei o que eu estou fazendo e não vou repetir um milhão de vezes. O que você está fazendo aqui na minha casa?

A madeira próxima à janela da sala estava mais clara do que o resto. Era ali, só podia ser ali que o cheiro de mijo da minha mãe ainda resistia. Bebi correndo mais um copo de uísque com bastante água. Olha aqui, mãe, olha aqui, respira pela última vez o seu cheiro fétido, respira fundo porque é a última vez que você vai sentir esse fedor. Bonita essa casa, gostei daqui, ela disse.

Mijei até que os tacos escurecessem, ficando no mesmo tom de todo o ambiente, úmidos e limpos. Não consegui controlar o riso e, enquanto ainda segurava o pau, olhei nos olhos da minha mãe, para deixar claro que tinha vencido, que voltava a dominar a casa que sempre foi minha.

16

Mas a casa sempre foi dela e seu mijo venceu o meu. Por mais que eu passasse os dias fazendo xixi por todos os cantos, o cheiro voltava assim que algum centímetro de chão secava. Aquele fedor era invencível, fingia a derrota para voltar aos poucos, cansando com uma insistência discreta quem lutava contra ele.

Não aguentava mais engatinhar pela casa atrás do último pedaço seco, não podia mais mijar tanto. E me enlouquecia também imaginar que precisaria manter aquela camisa amarrada na cabeça de novo, o uísque desperdiçado com isso.

Era melhor não respirar, pelo menos pelo nariz. Não, nunca mais pelo nariz, nem que fosse sem querer ou durante o sono. Só pela boca, o necessário para não morrer.

Fui até o banheiro para ver como a quina da pia poderia me ajudar. Será que ela resiste? Ou a bancada da cozinha é melhor? Onde há mais espaço para eu cair no chão em caso de desmaio? Talvez no banheiro eu pudesse bater com a cabeça na privada depois. Na cozinha, cabe o meu corpo deitado com folga. Nos dois lugares, o chão de azulejo poderia ser limpo com facilidade.

Segui para a cozinha. Com certeza ali era melhor, mais seguro pelo menos. Separei um pano úmido usando a mão do meu dedo machucado, que ainda sangrava. Doeu como se eu tivesse levado um choque, o pano manchou na hora. Mas foda-se, era o que tinha e o que seria usado.

Com os dois braços esticados, medi a distância entre o meu rosto e a pia da cozinha. O melhor movimento parecia ser de cima para baixo e não reto, correndo na altura do mármore. A gravidade ajudaria também, ainda mais se eu conseguisse dar um pequeno pulo para cima, descendo com tudo depois. Foi o que fiz.

As mãos apoiadas na bancada, um pequeno pulo para cima. Soltei o corpo, mirando o osso da metade do nariz na direção da quina.

Dizem que você escuta o barulho quando quebra um osso. Eu ouvi alguns, em sequência, se sobrepondo. Um som alto, mas espalhado, igual vidro estilhaçando em vários pedaços.

Fiquei no chão por um tempo, meio tonto, talvez tenha desmaiado. Podia sentir o sangue escorrendo quente pelos dois lados do meu rosto. Toquei meu nariz e ele estava mole, mexia todo para a direita e para a esquerda, como se fosse uma massinha de criança com pequenos pedaços duros por dentro, mas que não se encostavam. Não pude encontrar direito as narinas com os dedos, o inchaço provavelmente escondia os buracos.

Usei toda a força que me restava e tentei respirar pelo nariz. Mas o ar não passou. Continuei deitado ali até cair no sono, respirando só pela boca.

17

Os tacos do piso da minha casa começaram a se soltar primeiro nas pontas dos cômodos, nas quinas, embaixo das janelas, na junção com o rodapé. Por causa da quantidade de mijo que despejei por toda a casa, os tacos estufaram, aumentando de tamanho até não caberem mais no espaço destinado a eles. Um taco forçou o outro, que forçou o outro, o outro, até que todos foram se levantando, num efeito dominó ao contrário.

Uma vez que os tacos saem do lugar, é impossível colocá-los de volta. Sequei um a um com o secador de cabelos da minha mãe, mas mesmo assim eles nunca mais voltaram ao tamanho original. Era mais ou menos como ter um quebra cabeça ou um Lego em que você tem todas as peças para montar o que precisa mas elas não se encaixam por uma diferença mínima de tamanho. Por mais que eu martelasse, pulasse em cima, havia sempre uma pontinha que não entrava. Ou quando eu finalmente conseguia colocar um taco no lugar, a peça ao lado pulava.

Fui tirando cada um dos tacos que estavam levantados. Era possível contar os que ainda continuaram grudados ao chão da sala e dos quartos. Vinte e dois na sala, vinte no meu quarto, oito no da minha mãe.

Comprei o máximo de plásticos pretos que pude, daqueles bem grossos, e cobri os espaços entre os tacos que restaram, escondendo o contrapiso aparente. O chão todo escuro, mais barulhento, móvel. O vento que entrava pela janela, batia nos plásticos, ameaçando descolar a fita crepe que os mantinha grudados ao cimento do contrapiso e aos tacos.

18

Era fim de tarde quando as luzes da casa se apagaram para sempre. Acho que não houve um aviso, uma piscada meio estranha, nada. De uma hora para a outra, puf, e simplesmente não acenderam mais, como se tivessem morrido.

Não lembro quantos meses fiquei sem pagar as contas da Light. Eu via os boletos se acomularem e, no início, cheguei a me preocupar com isso. Depois, até esqueci. Havia outras coisas mais importantes ou urgentes para pensar. Só me lembrei quando a TV e as luzes do corredor apagaram ao mesmo tempo. Não chovia, os outros apartamentos da rua continuavam iluminados.

Percebi que não tinha nenhuma vela na minha casa. Aliás, acho que nunca teve. E o jeito foi acostumar os olhos. De qualquer forma, o escuro não escondeu nada que eu gostaria de ver. Minha mãe, os buracos que os tacos descolados deixaram no chão, as manchas de mijo pela casa, meu rosto.

A geladeira já não guardava muita coisa, os chocolates Maxime eu mantinha no armário da cozinha, mesmo que eles às vezes derretessem com o calor. Abri mão do gelo para o uísque, mas tudo bem. Água, só na temperatura ambiente. Nada grave, nada que me incomodasse de verdade.

Só a televisão fez falta. O silêncio aumentou demais a noite. Eu e minha mãe acordados, lado a lado, sem conversar. Ninguém falando por nós dois em algum programa de notícia, nenhuma reprise de um jogo de futebol europeu ou de uma série dos anos 90, um filme dublado que fosse.

Também era impossível ler qualquer coisa sem luz, sem paciência, sem saco. Eu preferia olhar para cima e ficar contando os faróis dos carros que passavam na rua e refletiam no teto. Às sete da noite, era um atrás do outro. Até que a quantidade ia diminuindo e, depois da dez e meia, vinha só um, meia hora depois mais um e pronto. E então eu passava a acender cigarros. Não só para fumar, mas também para ver a brasa queimar, alguma cor que não fosse o preto. Acendia um no outro, até o fim do maço ou até o início da manhã.

19

O senhor Maurício não está. Tudo bem, eu espero ele lá em cima. Senhor, não estou autorizada a liberar a sua entrada. Como não? Não fui autorizada, senhor. Diz que o Eduardo está aqui embaixo e que eu preciso falar com o Maurício. Já falei, senhor. Fala de novo. Senhor, por favor, não insista. Preciso insistir. Assim, eu vou chamar o segurança. Calma, então liga no ramal da Débora, por favor. Ela também não está, senhor. Mas você nem tentou falar com ela. Eu vi ela saindo, senhor. Mentira. Senhor, por favor, vá embora. Só depois que você chamar a Débora. Senhor, mesmo que a Débora esteja na mesa dela, não posso liberar a sua entrada aqui no prédio. Quem disse? Eu disse, senhor. E quem é você para decidir isso? Senhor, estou pedindo educadamente. Eu já trabalhei aqui na agência, preciso subir, tenho uma reunião com o Maurício. Eu reconheço o senhor, apesar de tudo, e não há nenhuma reunião agendada com o senhor Maurício. Como você sabe? Porque a secretária dele me disse que não há nada na agenda. Tudo bem, eu espero surgir uma brecha na agenda dele lá em cima. Não estou autorizada a liberar o senhor. Olha, por favor, me deixa subir. Não posso, desculpa. Por que não? Senhor, não posso deixar alguém nessa situação entrar aqui no prédio. Que situação? Essa, senhor. Qual? O senhor está todo ensanguentado no rosto, na mão, sua roupa está rasgada e cheia de manchas, o cheiro de álcool é terrível também. Olha, minha filha, eu preciso falar com o Maurício, se não precisasse, nunca teria aparecido aqui, acredite em mim, não tenho nenhum prazer em conversar com esse bosta, com esse filho da puta, nem com a Débora, ou seja, estar aqui nesse embate, nesse sobe não sobe, entra não entra, é muito pior para mim do que é para você, eu só preciso entrar e pedir meu emprego de volta, um freela, qualquer coisa, juro que não demora muito, o merda do Maurício vai me escutar, eu entro e saio sem ninguém perceber. As pessoas vão perceber, senhor. Me dá uma porra de um crachá e libera essa catraca logo. Senhor, exijo que me trate com respeito. Eu tentei, até agora. Senhor, retire-se, por favor. Deixa eu passar, sua piranha do caralho, eu preciso falar com o Maurício, não me enche o saco. Eu vou chamar o segurança. Chama quem quiser, mas abre essa merda pra mim. Segurança, segurança. Pode vir, pode vir o segurança que quiser, chama quem quiser. Segurança, por favor, acompanhe esse senhor até a saída. Não encosta em mim não, porra, me solta, me solta, caralho, eu preciso subir, me solta.

Ninguém poderia me convencer a procurar o Maurício. Só o dinheiro, a aproximação clara do fim das minhas economias, a falta total de alternativas e o nada pela frente. Precisava também ser de uma hora para a outra, sem pensar muito. Nada de ligação, de pedido de um encontro, de desculpas, nada de me humilhar primeiro pelo telefone e depois ao vivo. Era entrar num ônibus, descer em frente ao prédio e, já na recepção, anunciar que eu estava lá, que tinha um encontro com o Maurício. Na sala dele, eu podia pedir desculpas, o desespero disfarçado de sinceridade. Um freela que fosse, um mês de salário, o dinheiro fazendo o caminho inverso na minha conta depois de tanto tempo.

O segurança me soltou na calçada com um empurrão que quase me fez cair na rua, na frente de um carro. Quando me reequilibrei, vi que havia algumas pessoas fumando na lateral do prédio, mas não reconheci ninguém. Provavelmente, não eram da agência, mas sim de qualquer outra empresa com sede lá no prédio. Estavam todos de terno, gravata, as mulheres de tailleur. Se fosse apostar, diria que eram do escritório de advocacia que ficava dois andares abaixo da agência. Precisava fumar de novo, mas quando tateei o bolso da calça, percebi que meu maço estava vazio. Pedi um cigarro para uma mulher que pareceu não me ouvir. Levantei a voz, pode me dar um cigarro, por favor? A mulher se afastou, os homens deram um passo à frente. Todos eles apagaram seus cigarros sem me responder, andando logo em seguida na direção da porta de entrada do prédio. De lá, o segurança continuava me olhando, de braços cruzados.

Peguei uma das gimbas, ainda grandes, do chão. Tentei tragar com força para ver se a brasa do cigarro reacendia. Mas ela não deu sinal de vida. Todas as outras gimbas estavam ainda mais amassadas, com menos chance de serem acendidas na marra. Fui até o segurança com as mãos para o alto, como se estivesse em missão de paz, deixando claro que não tentaria nada que pudesse atrapalhar o seu serviço. Perguntei se tinha um isqueiro para acender o resto de cigarro que eu levava entre os dedos. No começo, ele fingiu não me ouvir, virou a cabeça para o outro lado, meio irritado. Por favor, eu insisti, não custa nada, juro que se você acender o meu cigarro eu vou embora logo depois. Ele então me olhou. Por favor. Tudo bem, ele finalmente disse, se eu acender esse cigarro, você não vai mais encher o meu saco nem vai ficar rondando o prédio? Juro, só quero fumar.

O segurança tirou um cigarro do bolso de dentro do terno e me esticou o fogo. Puxei até que a fumaça enchesse o meu pulmão. Obrigado, agradeci antes de me virar na direção do ponto de ônibus.

20

Meu nariz continua inchado e torto, amassado de forma irregular, o que me impede de respirar por ele. Pude voltar a mijar na privada e estou liberado de usar também a camisa em volta do rosto. Quando o nariz ameaça melhorar, eu o torço de novo até ouvir algum barulho dos ossos, já estilhaçados, se quebrando mais um pouco. Só paro ao sentir a pressão do sangue inchando tudo de novo.

Outra vantagem de não sentir mais cheiro nenhum é poder conviver com o meu dedo machucado. Ele continua inchado, mas agora tem uma cor preta que sai da ponta até quase a base. A unha nunca mais nasceu, só há uma carne torta naquele espaço, ou algo parecido com isso. Não, na verdade, não se parece muito com uma carne. É um outro dedo, um osso novo. Eu encosto nele, é meio mole. Não, não é um osso. Uma carne pendurada, talvez.

Fui até a cama da minha mãe, deitei ao lado dela. Mãe, o que é isso aqui no meu dedo? Não parece um osso? Mas é mole, olha só, balança. Se fosse osso doeria também, não? Só que não dói nada. Encosta aqui, vai, encosta. Será que tá morto esse dedo? Será que, se eu puxar aqui, ele solta? Hein, mãe? Se eu puxar aqui ele pode sair e eu pelo menos paro de sentir essa pressão do inchaço. Me ajuda? Puxa também. Para com essa mão mole. Mãe, mãe, presta atenção. Olha, segura aqui na ponta do dedo, segura direito. Porra, você não quer me ajudar, né? Você nunca quer me ajudar. E é só isso que eu faço por você. Dou banho, limpo a sua merda, alimento você, divido o meu uísque. Eu sou um dos melhores filhos do mundo, eu fui famoso na minha profissão, eu sou um orgulho para qualquer mãe. Fui bem-sucedido, comi quem eu quis, você sabia?, comi muita mulher, mãe, até baranga eu comi porque era mulher também e dane-se, meu negócio era foder. E continuei trepando até você se mudar para cá. Aliás, eu trabalhava até você vir morar comigo. Você ficou doente assim por carência. Porque não se contentava com o carinho de filho que eu proporcionava a você. Em todos os seus aniversários, em todos os dias das mães eu enviei os mesmos chocolates para você, mãe. Os chocolates que eu ajudei a tornar famosos, os mais conhecidos do Brasil. Eles eram para ser o orgulho de uma mãe, não só um doce. Cada chocolate que eu mandava era uma forma de fazer você lembrar que o seu filho era alguém na vida, que você criou um filho que ficou conhecido, era admirado na sua profissão. Isso é muito maior do que qualquer presente. Toda mãe se mataria por isso. E poucas tiveram essa chance, essa prova de que fizeram tudo certo, uma recompensa, uma resposta à dúvida de terem criado um filho da melhor maneira possível. Fiz tudo isso para você, mãe. Quantos filhos fizeram isso tudo para a sua mãe? Quantos? Só preciso que você me ajude um pouco agora, porra. Me ajuda, caralho. Vamos, vamos. Mãe? Você está me ouvindo? Mãe? Ei. Mãe? Tudo bem. Como esperar que você faça alguma coisa? Você é igual a esse dedo, está aqui só para atrapalhar a minha vida, embora na verdade já esteja morta. Você está morta, entendeu? Mas ainda está aqui, pendurada em mim, podre. Preciso arrancar o dedo. Preciso arrancar você. Morre, você tem que morrer. O que falta para você fechar os olhos e não acordar nunca mais? O que falta? Você não é mais ninguém. Não sabe quem é. Por que você quer continuar viva? A quem isso faz bem? A você? Nem isso. Não é possível que você suporte ser quem é. Você é uma coisa, não uma pessoa. Eu vou puxar o meu dedo até ele se soltar de mim para sempre, e sei que não vai doer nada porque ele já está morto. Você poderia fazer o mesmo. Vamos combinar isso? Também não vai doer nada porque você já está morta. Prometo. Morre só para você ver. Está me olhando por quê? Porque concorda? Está concordando? Vou puxar o meu dedo e você morre na mesma hora. Combinado? Estarei aqui do seu lado, vamos fazer isso juntos. Vamos? Vai, prende a respiração, faz alguma coisa. Eu coloco a sua mão em cima do seu nariz e você faz o resto. Pronto. Vai. Vou começar a puxar o dedo. Está prendendo a respiração? O dedo está se soltando. E você, como está? Vou conseguir, vou conseguir. Está ouvindo? Não sei se é a carne ou o osso, mas tem algo se partindo, rasgando. Consegui. Consegui. Nada de dor. Mãe? Mãe? Morreu? Porra, você ainda está piscando. Vamos, aperta essa mão no nariz, caralho. Vai, para de respirar, para de respirar, para de respirar. Você não me escuta. Nunca. Nunca. Não sei para que usa essa merda de aparelho que só serve para me irritar com esse apito. Chega, chega de usar esse negócio. Se você não entende o que eu falo, não precisa ouvir. Não faz diferença. Então que pelo menos não me encha o saco com o barulho o dia inteiro. Me dá aqui esse negócio. Vira o outro ouvido para o meu lado. Deixa eu ver. Pronto, saiu um, saiu o outro.

Tirei o aparelho do ouvido da minha mãe, que continuou me olhando, quieta mas viva. O apito parou quando o aparelho já estava estraçalhado sob meus pés, antes mesmo que eu o atirasse pela janela.

21

Ouvi minha mãe cagando lá no quarto dela. Um peido molhado que veio certamente junto de bastante merda. Não me levantei do sofá da sala. Havia desistido de dar banho na minha mãe. Agora, deixava que cagasse livremente, uma merda em cima da outra. A nova, mole, sobre a antiga, que já tinha começado a endurecer. Nada de cheiro. Um brinde ao nariz torto e inchado, incapaz.

Virei o uísque, porra já estou bebendo Drury's. Foda-se. Mais um, mais um. Cigarro. Fumaça de cigarro no pulmão. É a fumaça, não o ar, que mantém meu pulmão funcionando. Cocei a barba, afastei a ponta dos cabelos que já esbarravam no meu mamilo.

Bebi mais um copo enquanto minha mãe continuava cagando. Não é a respiração que mantém alguém vivo. Não é a consciência, não é o coração batendo. É a merda. Enquanto houver merda, a pessoa está viva.

22

Dez pombos me olham da janela do meu quarto. Dez pombos. Caralho, será que a minha mãe estava certa? Um deles coloca a pata direita do lado de dentro do parapeito. Vai invadir. Essa porra desses pombos vão invadir a casa. Não, não tem pombo nenhum ali. Porra, mas eu posso ver. Agora, há um segundo já dentro do quarto. Eu não tenho medo de pombo, o problema é que é um bicho sujo, tem piolho e tudo. Vai sujar mais ainda a casa. Só o que me faltava era piolho. Sai, pombo. Sai. Meu Deus, e se não houver pombo nenhum? Estou falando com o vento? Mais um pousou na beirada da janela. Dois bateram a cabeça no vidro com força. O barulho do vidro é real. Só pode ser real. São mesmo pombos. Sai, pombo, sai daqui. Falei meio baixo por vergonha de ouvir minha voz. Os pombos não estão ali, não estão. Um deles está perto do pé da minha cama. Posso ouvir suas patas andando pelos plásticos do chão. Mais uma cabeça de pombo se espatifa na janela. Impressionante que o vidro não tenha quebrado. Outro pombo pousa no chão do quarto. Há oito enfileirados na janela ainda.

Viro o copo de uíque que está na mesinha de cabeceira. Quem sabe o álcool lava a minha cabeça? Quem sabe assim paro de ver coisas? O álcool me trazendo a sobriedade de volta. Os dois pombos do chão sumiram. Mas ainda há oito na janela. Um deles calculando a rota para pular para dentro de casa. Para trás, pombo filho da puta. Tomo mais um copo de uísque. Sobram sete pombos. Está funcionando. Para trás, porra. Berrei sem querer.

Mais uma cabeça de pombo bate no vidro. Escuto o pescoço do bicho quebrar. Há dez, não, há doze pombos empoleirados na janela agora. Sai daqui. Sai daqui. Seus bichos do caralho. Calma, não tem bicho nenhum, calma. Bebo mais um copo. Agora são quatorze pombos. Eles estão aqui, eles estão aqui mesmo. Sai, porra, sai, já grito alto, sem medo de ser ouvido. Me encolho contra a parede da cama. Fora daqui, fora daqui. Não há pombo nenhum, não há pombo nenhum. Tem pombo sim, tem quatorze pombos aqui, porra, porra. Fora, fora.

A porta do quarto se abre e entra a vizinha de baixo reclamando. Olha o barulho, Eduardo, seu maluco, família de loucos, olha o barulho, vocês fazem da minha vida um inferno. Cala a boca, velha do caralho, o que você está fazendo aqui?, sai, sai. Jogo o copo em cima da velha, que se esquiva. O copo explode na parede. Dois pombos entram no quarto, escuto as asas roçarem o teto. A vizinha some.

23

Mãe, o que você está fazendo aqui na sala? Oi, filho, bonita a sua casa. Gostou? Gostei, bonita mesmo. Quer sentar aqui no sofá? Nossa, você bebeu todas essas garrafas? Achou muito? É, né, filho? Não percebi que era tanto, desculpa. Tudo bem, filho, deita a cabeça aqui no meu colo. Mãe? Oi, filho. Você lembra quem eu sou? Claro. Mas você tinha esquecido. Eu? Sim, você. Que absurdo. Então qual é o meu nome? Filho, deixa de bobagem. Qual é o meu nome? Eduardo. Você lembra mesmo? Fui eu que escolhi. Eu sei, mas você só me chamava de Carlos, Jorge, de tudo menos de Eduardo. Eu nunca ia esquecer do seu nome. Eu sei, mãe. Deixa eu dar um beijo em você. Mãe, você está um pouco suja, desculpa por ter parado de dar banho em você. Tudo bem, filho, não se importa com isso, você já fez tanta coisa por mim. Você acha? Lógico, você acha que eu ia esquecer todas aquelas caixas de chocolates Maxime que você me mandou, as ligações que você fazia no meu aniversário, no dia das mães. Você ficava feliz? Ficava feliz com tudo que você fazia por mim. Eu fui um bom filho? Muito bom filho. Não podia ter feito mais por você? Mais tipo o quê? Não sei, mais. Você precisa descansar, filho. Mãe, acho que tem uma criança em pé ali, quem é? Onde? Ali. Ah, é o seu filho. Meu filho? Sim, você tem um filho. Eu sei, mas o que ele está fazendo aqui? Deve ter vindo falar com você. Qual o nome dele? Não sei, por que você não pergunta? Mas é estranho porque o meu filho já deve ser grande hoje, não uma criança pequena assim.

Deixa ele sentar aqui no sofá com a gente? Pode ser, mãe, mas acho que não quero falar com ele não. Tudo bem, ele só fica aqui, vem aqui, vem, senta no sofá com o seu pai e a sua avó. Mãe, eu nunca procurei o meu filho, nem sei se é menino ou menina. O que você acha? Não dá para saber, nem pela roupa, nem pelo cabelo. Mas você acha que é o quê? Não sei, Eduardo, por que você não pergunta? Um pai deveria saber esse tipo de coisa, né, mãe? Deveria, mas você não sabe, então pergunta para ele, filho. Tenho vergonha. Mas se não perguntar, você nunca vai saber. Eu queria perguntar muita coisa, se ele me odeia, se foi minimamente feliz, se pensou em mim em algum momento da vida, o que a mãe dele fez para conseguir criar um filho sozinha, se ele gosta de futebol, de ler, de ouvir música, se escreve bem. Filho, você tem o tempo que quiser para tirar todas essas dúvidas. Acho que já é tarde demais. Por quê? Porque já é, agora ele viveu a vida dele, não precisa mais de um pai para nada. Todo mundo precisa. Você não precisa. Claro que preciso, Eduardo. Eu preciso de você, mãe. Eu sei, por isso estou aqui. Um dia eu converso com o meu filho, agora estou cansado demais, preciso dormir. Então dorme. Posso, mãe? Claro que pode. Você fica aqui comigo? Fico sim, filho. Obrigado, mãe. Mas antes, Eduardo, por favor feche as janelas. Fecho, mãe, mas por quê? Os pombos, Eduardo.

CARA LEITORA, CARO LEITOR

A **Aboio** é um grupo editorial colaborativo.

Começamos em 2020 publicando literatura de forma digital, gratuita e acessível.

Até o momento, já passaram pelos nossos pastos mais de 600 autoras e autores, dos mais variados estilos.

Para a gente, o canto é conjunto. É o aboiar que nos une e que serve de urdidura para todo nosso projeto editorial.

São as leitoras e os leitores engajados em ler narrativas ousadas que nos mantêm em atividade.

Nossa comunidade não só faz surgir livros como o que você acabou de ler, como também possibilita nos empenharmos em divulgar histórias únicas.

Portanto, te convidamos a fazer parte do nosso balaio!

Todas as apoiadoras e apoiadores das pré-vendas da **Aboio**:

— **têm o nome impresso nos agradecimentos de todas as cópias do livro;**
— **são convidadas a participarem do planejamento e da escolha das próximas publicações.**

Fale com a gente pelo portal **aboio.com.br**, ou pelas redes sociais (**@aboioeditorial**), seja para se tornar uma voz ativa na comunidade **Aboio** ou somente para acompanhar nosso trabalho de perto!

Vem aboiar com a gente. Afinal: **o canto é conjunto.**

APOIADORAS E APOIADORES

Agradecemos às 142 pessoas que apoiaram nossa pré-venda e confiaram no trabalho feito pela equipe da **Aboio**.
Sem vocês, este livro não seria o mesmo.

Adriane Figueira Batista
Alexander Hochiminh
Allan Gomes de Lorena
André Balbo
André Costa Lucena
André Pimenta Mota
Andreas Chamorro
Andressa Anderson
Angelina Vargas
          Franco da Silva
Anthony Almeida
Antonio Pokrywiecki
Arthur Lungov
Bianca Monteiro Garcia
Bruna Paraizo
Bruno Bueno
Bruno Guimarães
Caco Ishak
Caio Balaio
Caio Girão
Calebe Guerra
Camilo Gomide

Carla Guerson
Cecília Garcia
Cintia Brasileiro
Claudine Delgado
Cleber da Silva Luz
Cristina Machado
Daniel Dago
Daniel Dourado
Daniel Giotti
Daniel Guinezi
Daniel Leite
Daniela Rosolen
Danilo Brandao
Débora Cavalcanti
Denise Lucena Cavalcante
Dheyne de Souza
Diogo Cronemberger
Diogo Mizael
Eduardo G. O. Santiago
Eduardo Rosal
Eduardo Valmobida
Enzo Vignone

Fábio Franco
Fabio Onofre
Febraro de Oliveira
Felipe Lermen
Fernanda Conde
Flávia Braz
Flávio Ilha
Francesca Cricelli
Frederico da C. V. de Souza
Gabo dos livros
Gabriel Cruz Lima
Gabriel Stroka Ceballos
Gabriela Colombo
Gabriela Machado Scafuri
Gael Rodrigues
Gastão Moreira
Giselle Bohn
Guilherme Belopede
Guilherme da Silva Braga
Gustavo Bechtold
Henrique Emanuel
Henrique Lederman Barreto
Ivana Fontes
Jadson Rocha
Jailton Moreira
Jefferson Dias
Jessica Ziegler de Andrade
Jheferson Neves
João Luís Nogueira
João Pedro Quartucci
    Fonseca
Júlia Gamarano

Júlia Vita
Juliana Costa Cunha
Juliana Slatiner
Júlio César Bernardes Santos
Laís Araruna de Aquino
Laura Redfern Navarro
Leitor Albino
Leonardo Pinto Silva
Leonardo Zeine
Lili Buarque
Lolita Beretta
Lorenzo Cavalcante
Lucas Ferreira
Lucas Lazzaretti
Lucas Verzola
Luciana Oliveira
Luciano Cavalcante Filho
Luciano Dutra
Luis Claudio Salvestroni
Luis Felipe Abreu
Luísa Machado
Manoela Machado Scafuri
Marcela Roldão
Marcelo Conde
Marco Bardelli
Marcos Vinícius Almeida
Marcos Vitor Prado de Góes
Maria Amorim
Maria F. V. de Almeida
Maria Inez Porto Queiroz
Maria Santiago
Mariana Donner

Mariana Figueiredo Pereira
Marina Lourenço
Mateus Magalhães
Mateus Torres Penedo Naves
Matheus Picanço Nunes
Mauro Paz
Mikael Rizzon
Milena Martins Moura
Mitzy Conde
Naná Bittencourt
Natalia Timerman
Natália Zuccala
Natan Schäfer
Otto Leopoldo Winck
Patricia Conde
Paula Maria
Paulo Scott
Pedro Guerra de Araujo Freitas
Pedro Torreão
Pietro A. G. Portugal
Rafael Mussolini Silvestre
Rafael Pinheiro
Rafael Rocha
Ricardo Kaate Lima
Rodrigo Barreto de Menezes
Ronaldo Conde
Rossana Noceloni
Samara Belchior da Silva
Sergio Mello
Sérgio Porto
Tatiana Marcondes

Thais Fernanda de Lorena
Thassio Gonçalves Ferreira
Thayná Facó
Tiago Moralles
Valdir Marte
Valéria Cardoso Rocha Costa
Weslley Silva Ferreira
Yvonne Miller

PUBLISHER Leopoldo Cavalcante
ASSISTÊNCIA EDITORIAL Nelson Nepomuceno
REVISÃO Marcela Roldão
DIREÇÃO DE ARTE Luísa Machado
CAPA Eiji Kozaka
COMUNICAÇÃO Thayná Facó
COMERCIAL Marcela Roldão
COMUNICAÇÃO Thayná Facó
PROJETO GRÁFICO Leopoldo Cavalcante

© Aboio, 2024

Ao perdedor, os pombos © Marcelo Conde, 2024

Grafia atualizada segundo o Acordo Ortográfico da Língua Portuguesa de 1990, que entrou em vigor no Brasil em 2009.

Os personagens e as situações desta obra são reais apenas no universo da ficção: não se referem a pessoas e fatos concretos, e não emitem opinião sobre eles.

Dados Internacionais de Catalogação na Publicação (CIP)
Tábata Alves da Silva — Bibliotecária — CRB — 8/9253

Conde, Marcelo
  Ao perdedor, os pombos / Marcelo Conde. -- 1. ed. --
São Paulo : Aboio, 2024.

  ISBN 978-65-85892-22-3

  1. Ficção brasileira I. Título.

24-209663   CDD–B869.3

Índices para catálogo sistemático:
1. Ficção : Literatura brasileira

[2024]

Todos os direitos desta edição reservados à:
ABOIO EDITORA LTDA
São Paulo — SP
(11) 91580-3133
www.aboio.com.br
instagram.com/aboioeditorial/
facebook.com/aboioeditorial/

[Primeira edição, setembro de 2024]
[Primeira reimpressão, janeiro de 2025]

Esta obra foi composta em Adobe Text Pro.
O miolo está no papel Pólen® Bold 70g/m².
A tiragem desta edição foi de 300 exemplares.
Impressão pelas Gráficas Loyola (SP/SP).

A marca FSC® é a garantia de que a madeira utilizada na fabricação do papel deste livro provém de florestas que foram gerenciadas de maneira ambientalmente correta, socialmente justa e economicamente viável, além de outras fontes de origem controlada.